U0025911
電玩咖與
全滅
GAME OVER
5
GAMERS
電玩咖!
Kadokawa Fantastic Novels

GAMERS!5

Gamers and annihilated game over

「雨野同學……請讓我再問一次。能不能請你跟我們一起經營電玩社

呢？」

GAMERS
電玩咖！

電玩咖與全滅GAME OVER

5

Sekina Aoi

葵せきな

Kadokawa Fantastic Novels

彩頁、內文插畫／仙人掌

電 玩 咖 !

電玩咖與全滅GAME OVER

Gamers and annihilated game over

START

✖上原祐與電玩痴

音吹高中二年F班，雨野景太。

要談他這個人的時候，該掌握的重點就只有兩個。

「普通」與「喜愛電玩」。

憑這兩點……就算不能把他說透，實際上也可以說明個七八成。

首先是「普通」。這就跟字面上的意思一樣。只要對早年美少女遊戲裡常見的那種個性平板薄弱的男主角有個模糊印象，就等於抓到雨野景太這個人的「皮相」了。別無強烈目的意識，也不至於流裡流氣，儘管多少有些怕生，卻還沒有到完全無法跟人講話的地步。能力說起來就像手遊中的「☆3」角色，既沒有突出的項目，也沒有隊長技能，簡單說就是整理倉庫時頂多會看個一兩眼的角色，在現實生活的班級裡也是如此，只有換座位或分組活動時會想到：「對喔，有這個人。」

不過有一段時期，他卻因為某個理由而備受矚目……一樣用手遊來比喻的話，就像在劇情活動期間得到了些許的特效加成。如今活動告一段落，外界對他的評價也就打回原形……換句話說就是逐漸變回「☆3」角色的待遇了。

到哪裡都一樣「普通」。這個名為雨野景太的男人，正是如此。

然而，這樣的他也有唯一一項勉強稱得上「個性」的部分。

那就是名為「喜愛電玩」的要素。

……呃，乍看下這也屬於尋常無奇的個人特質就是了，不過以他的情況來說，算是比較……比較「硬底子」一點。

舉些具體的例子好了。

在戀愛喜劇中可以一直線通往贏家之路的奇蹟性幸運事件「美少女來邀請參加社團」，就被他用「玩遊戲的風格不同」這種蠢理由推掉了。

原本明明是個內向怕生的怯懦少年，卻與同樣內向怕生的怯懦少女在初次見面時，又因為對電玩遊戲意見相左而上演吵翻天的戲碼。

……簡單來說，就是個脾氣有點彆扭的傢伙。

但他絕非像輕小說主角那樣具備「電玩技術高超到不行！」或者「對某類型遊戲有天分！」或者「電玩造詣比任何人都高！」的能力。

儘管如此，不可思議的是關於「喜愛電玩」這方面，他確實有著讓任何人都稍微另眼相看的部分。

而且，正因為雨野景太為人如此。

才會跟我……上原祐成為朋友。

跟學校裡的偶像天道花憐成為情侶。

甚至讓自稱天敵的星之守千秋也不小心迷上他。

一切的一切，都是因為雨野景太這個人的骨子裡頭有「喜愛電玩」的本質才會促成。

明明如此……

……………明明如此…………

「（可是……那樣的男人，卻因為「朋友的女友」就「放棄掉人生中最期待的電玩遊戲」，這肯定有問題吧！）」

深夜……我獨自一個人在被窩裡，捧著頭苦苦懊惱。

＊

我從以前就曉得自己的女朋友亞玖璃和雨野關係密切。詳細緣由倒不清楚，但他們似乎是在某個時期以後，就把彼此當成良好的戀愛諮詢對象而一再私下見面。

身為亞玖璃的男友，我當然覺得不是滋味。有段時期還認真懷疑過他們倆之間是不是有鬼，嫉妒得心焦如焚。

不過，日前從亞玖璃本人口中直接聽到「她只把雨野當弟弟」的解釋以後，我懷有的疑心便到此告終……然而，事情隨後就發生了。

我被迫目睹了那一幕。

「（雨野輕易把亞玖璃放得比自己喜愛電玩的情懷還優先，而亞玖璃也跟這樣的他嘻嘻哈哈地玩鬧的……那一幕。）」

到現在我仍無法忘記，放學後在電玩中心發生的事情。

詳細經過省略不提，但是，他們倆居然就當著我們幾個……身為亞玖璃男友的我、身為雨野女友的天道，還有迷上雨野遊戲痴特質的女生星之守千秋三個人眼前，秀出了彼此的「羈絆」有多麼牢固。

「（雖然兩個當事者似乎都自認沒做什麼特別的事情……）」

……他們確實完全沒有跟「外遇」沾上邊。這時候，已經沒有人覺得他們倆之間有那些不純的情愫存在。何止如此，任何人都看得出來，他們倆都是光明磊落又純粹的人，看了甚至會覺得溫馨。

可是，不知道為什麼。

有那樣兩個人，都在為彼此的幸福著想。正因為那一幕如此之美。

我們三個會冒出至今以來最強烈的危機意識，同樣也是事實。

「（總覺得我見識到的……早就跟外不外遇沒關係了……）」

被窩裡整片溫暖，我卻打了個冷顫。

我想，亞玖璃和雨野他們對我跟天道都是真心的。以前還難講，事到如今我不會連他們的感情都要懷疑。哎，關於雨野這段情，我倒希望大幅改變現狀……不過那又是另一回事了。暫且放下吧。

總之，那兩個人對另一半懷有的真摯情意並無懷疑的餘地。

另一方面……卻也讓人冒出這樣的想法。

「（亞玖璃和雨野……對身為另一半的我們……有更深於他們倆之間的羈絆嗎？）」

其中，這次在我們之間尤其被視為問題的，到底還是雨野。

喜愛電玩……不，已經可以說是輕度電玩痴的男人，雨野景太。

他這個人本身有相當大比例是藉著喜愛電玩這一點來確立特色。這樣的他，這次寧可拋下由衷期待的遊戲購買機會，特地為別人趕來。

即使撇開戀愛不管，看在我們這些身旁的人眼裡，那就像……

「其實比起紅豆餡，我更喜歡奶油餡！」（ＢＹ　麵〇超人）

那就像目睹了如此的場面，難免要感到愕然。假如這是以雨野為主角的輕小說還什麼來著，簡直會讓人寫出「感覺走向嚴重歪掉了」這樣的書評。

至少，我甚至覺得那跟以往面對美少女……天道花憐的入社邀請時，敢於用玩遊戲風格當理由拒絕的雨野景太判若兩人……連單純當朋友的我都這樣想了，天道花憐身為以前被拒絕的當事人，如今則是雨野的女友，所受的打擊更是難以估計。

另外，在「電玩」這方面跟雨野有深度共通點才彼此牽上線的星之守千秋，似乎也對「棄電玩而選辣妹」那一幕難掩心中所受的打擊。

而且……關於這一點，我也有同感。

「（什麼跟什麼啊……你到底想怎樣啦……）」

為了排遣煩悶，我把棉被胡亂揉成一團，然後緊緊抱在懷裡。

這陣子理應都沒有出現的……「無法理解」雨野景太這個人的焦慮，又開始在我的心裡復萌了。

＊

乘風而來的堆肥臭味，今天格外刺鼻。

九月第一週的星期五。我有眼無心地一邊望著廣布於田園景色中的牧草捲，一邊拖著沉重腳步，慢吞吞地走在通往音吹高中的路上。

多虧比平時早一點從家裡出門的關係，幾乎沒有其他學生走路的身影。基本上，音吹的學生大多搭公車通學。然而我的情況是從家裡徒步到學校需要二十五分鐘，距離極為微妙，因此會依心情分成搭公車、騎腳踏車或徒步上學。今天的情形是……我不小心醒得早，又希望有獨自思考的時間，就選了徒步上學。

雲朵從頭上稀稀疏疏地飄過，大致上要說是晴朗也無妨的天色。風吹起來也比最近幾天來得涼爽舒適，今天算是走路再適合不過的日子。

明明如此，我心裡的疙瘩卻始終沒有出現化解的跡象。

「…………我到底想怎麼樣啦？」

從昨天就遲疑個不停的我，終於把自己惹火了。

畢竟就這次的問題而言，亞玖璃跟雨野都沒有任何過錯，只是我擅自體會到那兩個人的「羈絆」，然後受了刺激而已。要對那種事情發脾氣，除了發在自己身上，根本無處宣洩。

不知道是壓力或睡眠不足的關係，使勁搔頭想分散焦慮，後腦杓就閃過輕微的偏頭痛，心裡反而更添暴躁。這樣一來，徒步上學或許是個敗筆，胡思亂想的事情實在太多。

我深深地嘆了一口氣，然後從口袋裡掏出智慧型手機把玩起來。邊走邊用手機不太值得嘉許，不過走在鄉下地方，周圍明顯沒有別人，視野寬敞，而且直直通到底的路上，就容忍我一下吧。

話雖如此，要邊走邊找網路新聞來讀也不方便。我開了平時幾乎不會玩……卻因為雨野推薦就沒頭沒腦地安裝的所謂「閒置型」、「點擊型」手遊軟體。

看似個人製作，音源及點陣圖都是由似曾相識的素材所組成的手遊。運用隨時間經過或點擊而累計的資源（錢與經驗值一類）讓角色成長，進而強化獲利效率，然後再閒置一陣子。就是如此內容的遊戲。

具體的遊戲流程嘛……比方說，起初每一分鐘只能賺到「一金幣」的角色，只要用錢強化過，就會變成一分鐘能賺到「十金幣」。於是呢，如此增加的收入還可以進一步強化角色，變成一分鐘賺「一百金幣」，然後再變成一分鐘能賺「一千金幣」的角色……數值會像這樣逐步膨脹。

至於玩家在這段期間能做的事情，基本上就只有一直「等」角色賺錢回來。這類遊戲大多在程式關掉以後仍會繼續運作，因此連畫面都不需要專心顧著。偶爾有心情再來檢視角色的營利或資源的累積狀況，藉此讓角色成長。基本來說就是反覆這套過程的遊戲。

光聽概要會覺得「這樣好玩在哪裡？」，實際上也屬於完全無法令我心動的遊戲，試過以後卻意外地不錯。好比將ＲＰＧ裡練功的麻煩部分連根去除，只取出成長帶來的快感。

當然省掉了「費事」的代價，充實感的缺乏與空虛難免就隨之而生。不過，單純以打發時間來講，應該仍可稱作優秀的娛樂。

「這麼說來，好一陣子都沒有檢查了……」

睽違許久啟動程式以後，多虧長時間閒置的關係，存到了頗為驚人的金額，立刻用來讓角色成長。經過顯而易見的強化，角色展現出與先前截然不同的獲利速度。

「很好。」

我從這樣的狀況嘗到一絲爽快感，同時卻也有些後悔，如果及早檢視讓角色成長就好了。即使閒置的時間相同，讓角色保持在每小時收入「一金幣」的情況下閒置，和成長為每小時收入「一千金幣」再閒置，最後的收益將會天差地遠。假如玩這種閒置型手遊有唯一訣簸，那就是「勤快地檢視遊戲狀況」……明明是閒置型遊戲，訣竅卻在於不能閒置太久，該作何解？唉，這表示資源累積得再多，沒有恰當地運用就毫無意義。

「…………簡直像情侶關係『白白地』維持這麼久的我和亞玖璃。」

我忍不住嘀嘀咕咕地挖苦自己，然後苦笑。

我完全不覺得……自己與亞玖璃之間所累積的感情總量會輕易輸給別人。可是……我們所累積的那些，有確實轉換成向前進的養分嗎？尤其是最近常被誤會與閃失搞得團團轉……不對，我是否都以此為藉口就不去正視自己缺乏踏出那一步的勇氣了？

相較之下，雨野對天道自然不用說，無論是對我、對星之守，還有對亞玖璃……明明累積的感情與回憶都微不足道，卻總是能鼓起勇氣踏出去。

原本「落單」的那傢伙能在這幾個月一下子多了許多熟人與朋友，並不只是因為上天弄巧。而是因為那傢伙本身，原本就是一有機會便肯努力向前進的男人。如此一想，他會跟其他人迅速拉近距離是極為合情合理。儘管合情合理……

「為什麼排第一的對象會是亞玖璃啊……他挑錯女主角了吧……」

我這個同學在具備「男主角特質」的同時，依然毫無自覺地選了「身為男主角絕對不該走」的路。雖然從旁人看來非常有趣，脫序成這樣還被牽連進去可就吃不消了。

「唉……」

我帶著嘆息關掉手遊，然後粗魯地把手機收進口袋，大步大步地趕路上學。

猛一看，在前方大約五十公尺處有女同學的背影。我在開始玩手遊以前，應該完全沒發現有那個人存在才對……當我想著這些時，馬上就搞懂原因何在了。

「……有夠慢的耶。」

對方走路的速度簡直慢到令人懷疑是不是根本就停下來了。而且，那無力的走路方式簡直像殭屍。穿得歪七扭八的西裝外套非比尋常地敞開，手臂鬆弛下垂，軟趴趴的脖子像嬰兒讓腦袋晃來晃去，使長髮被甩得亂糟糟。

老實講，那個人可疑到讓我一瞬間覺得「不妙耶」而想拉開距離。我一面想著是否要穿過馬路到對面人行道再趕過對方，一面逐漸縮短和她的距離。於是……

「……咦？」

隨著雙方慢慢接近，那道背影與氣質開始讓我覺得眼熟了。

儘管心裡頭有些猶豫，我仍下定決心走到她旁邊，然後鼓起勇氣探頭看了對方的臉。

「……新那學姊？」

「？咦…………是冒牌梅原啊……早安……」

目光渙散地仰望我，然後露出和氣微笑的學姊……大磯新那。這什麼狀況？發現是認識的人以後，結果卻怪恐怖的。

儘管有點後悔向學姊搭話的我綳著一張臉，還是向她打招呼回應。

「學、學姊早安。呃……」

當我遲疑下一句話該講什麼時，新那學姊就搖搖晃晃地仰望天空，詭異地咧嘴一笑。

「……真是個迷人的早晨呢……冒牌梅原……」

「妳真的是發自內心這樣說的嗎！」

坦白說，就算聽見狀態活像「全家大小才剛被殺光」的人講這種話，我也只覺得心裡毛毛的就是了。

我被嚇壞了。然而，新那學姊有一瞬間卻愣愣地偏頭，接著才理解似的嘀咕。

「啊……沒事的沒事的。我這是老毛病……」

「學姊全家大小每天早上都會被殺嗎！」

「……你在講什麼啊，冒牌梅原？你還是一樣莫名其妙又噁心呢……」

一大早就有可疑的人物對我起疑心。這是怎樣？

新那學姊慵懶地嘆氣以後，便用腦袋稍微開始運作的模樣對我說明。

「……我啊，有低血壓的毛病。」

「呃，妳那並不是一句『低血壓』就能交代過去的狀態吧？」

「哎，也對啦……連我父母都老是央求『女兒啊，拜託妳別每天早上都那副像是剛被人

○姦的調調』就是了……」

「父母會用上那麼強烈的字眼表示很嚴重耶！」

「不過呢，對我來說『被叫醒』和『被侵犯』幾乎同義，所以他們講的未必有錯……」

「叫妳起床的家人怎麼受得了啊！」

「……像我吃早餐的時候，每天早上都是打從心裡在瞪我父母呢……」

「真的沒人受得了吧！」

從早上就被女兒當成加害者，這樣的家庭未免太慘了。

「話雖如此……我總不能保持這種狀態進學校……」

「我是老師的話就報警了。」

「所以早上我會像這樣……刻意走路上學……好讓自己醒過來……ＺＺＺ」

「欸，妳剛才講到最後就睡著了吧！走路並沒有發揮效果吧！」

「不要緊不要緊……到校門附近以後，別人的眼光一多，我立刻就會提振起來……你想

嘛，別看我這樣……其實我滿有社會常識的……」

「不對啦，學姊，現在就有我的眼光在啊……」

「…………呃，所以呢？」

感覺她是認真地歪頭表示不解。唔……這下子……照這種反應看來……

「不、不行喔，新那學姊。我十分明白妳從以前就迷上我了……可是對男人不能那麼輕易就敞開心房啦。」

我亮出潔白發亮的牙齒並開啟帥哥模式。於是，新那學姊似乎無法直視如此耀眼的我，就用手扶額發出嘀咕。

「啊……感覺有恰到好處的激動情緒讓我醒過來了。對喔，你就是這種德性的臭傢伙嘛，冒牌梅原。」

「是啊，新那學姊，懂得用『我是個臭傢伙』的方式提醒自己正好。」

新那學姊是個有魅力的人，但我已經有亞玖璃這個女朋友了，我不希望學姊談一場沒有回報的戀愛。

新那學姊默默地朝我盯過來。

「……嗯，不錯喔，冒牌梅原。你這些話滿提神的，血液會一口氣流過全身。」

「好恐怖耶，戀愛的力量。」

「哎呀，血流又添一股勁了。」

新那學姊說完似乎就完全醒了，還簡單地整理了儀容（雖然制服仍穿得邋裡邋遢）。

就這樣，學姊連走路步調都提升到普通速度，一面走在我旁邊一面又問：

「冒牌梅原，那你一大早就在幹嘛？物色女生？」

「呃，為什麼這陣子只要是女的，都一律把我當成搭訕男啊？」

「因為你實際上就是在搭訕吧。」

「不，我並沒──」

話說到一半，我想起自己跟新那學姊的認識方式有些符合，便自我節制了。

清了清嗓以後，我有些硬拗地把話題轉回原本的疑問。

「我偶爾也有想一邊走路一邊想事情的日子。」

「唔哇～感覺倒像是不擺臭架子的彆扭現充，行動理由讓人不敢領教。」

「不講理也要有限度吧。」

「冒牌梅原，你應該喜歡Village Vanguard那樣的書店，對不對？」

「…………」

喜歡啊。欸，就算我喜歡Village Vanguard又何妨！有什麼不好！

「哎，我也喜歡Village Vanguard就是了，風格不錯。」

「請問妳到底想怎樣！」

「沒有，只是你無論做什麼都會讓我不爽。」

「這是叛逆期還什麼的嗎！」

「啊～～……抱歉抱歉。具體來說，你是在想什麼事情？考試快到了嗎？」

「呃……沒有，並不是那樣的……」

「？要不然，你是在想格鬥遊戲的事嗎？」

「沒、沒有啦，該怎麼說呢…………我在煩惱跟戀、戀愛有關的事情就是了……」

「………………唔哇～～」

新那學姊用冷漠到不行的眼神鄙視我。我忍不住大叫。

「我早料到會有這種反應了！對啦，沒有錯！一大早就在煩惱戀愛而選擇走路上學的男生，實在讓人不忍心多說什麼了，對吧！」

「……冒牌梅原，像雙層〇寓之類的戀愛實境節目……」

「我都有專心看啦！不行嗎！」

「哎，我連電影版都看過就是了。」

「妳也有看啊！」

這個人的興趣依舊讓我搞不太懂，沒想到似乎並不是朝格鬥遊戲一面倒。

當我喘吁吁地吐氣時，新那學姊或許就起了同情心，態度有稍微軟化。

「不過呢，原來你也會為戀愛煩惱啊。」

「當然會啦。妳把我當成什麼了？」

「痞子。」

「滿令人受傷耶。」

這樣的低評價太真實了。痞子。

新那學姊依舊目光渙散，還一邊打呵欠一邊繼續說：

「然後咧，怎樣？總不會是『情敵出現』這種老掉牙的情節吧……」

「唔……」

「…………冒牌梅原，我問你喔——」

「不用問了啦！想怎樣！真抱歉喔，我有一堆地方都很膚淺！沒錯，我真夠膚淺的！我是那種『提這個有點冷門就是了，但我最近滿喜歡○○的耶』，結果講出來卻是主流作品的人啦！不行嗎！」

「我並沒有說什麼啊……哎，有情、情敵出現，應該也無妨嘛。」

「請妳不要似笑非笑地提到『情敵』之類的！告訴妳，我的煩惱才沒有那麼單純……」

「哦，這樣啊。啊～～……對不起喔。我剛才妄想出來的全是些膚淺橋段……比如擔任情敵的男方和女主角，彼此嘴上都掛著『我對這種人才沒有什麼感覺』之類的詞，實際上卻顯得非常要好——我不小心就想像到這種少女漫畫常見的發展了。說得對喔，現實中怎麼可能有那麼膚淺的煩惱……」

「…………」

我轉開視線沉默了。新那學姊帶著「當真？」的調調望著我。

「…………我說啊，冒牌梅原……」

「……怎樣？」

「………………………別介意。」

她把手擺到我的肩膀上。這種回應方式算是數一數二令人難受的。為什麼就不能把搞笑的回應方式堅持到最後呢？

直接聊起具體情況也不是辦法，我決定含糊地向新那學姊徵求參考意見。

「比方說吧，新那學姊，是妳碰到這種情況的話會怎麼應對？」

「咦？我又沒遇過『情敵』這種一聽就覺得只有在白痴戀愛喜劇才會出現的人物……」

「不、不必是情敵啊！我想想喔……用電玩來舉例也可以。就拿學姊自己在技術方面最有自信的格鬥遊戲來說吧，要是某一天，妳突然慘敗在以往看不起的熟人手上……心裡會怎麼想？」

「啊……舉例來講，就像我忽然輸給了雨野景太那種人嗎？」

「為、為什麼要用雨野來比喻！」

儘管我對一針見血的選角感到困惑，新那學姊卻好像真的別無用意。

「呃，因為我看不起的熟人，頂多就你跟雨野景太而已……」

「這、這樣喔？好吧。所以呢，妳覺得怎樣？那個……新那學姊，要是妳玩格鬥遊戲忽然輸給雨野，妳會怎麼讓自己振作……」

「哎，沒什麼振不振作的啦，我根本不覺得自己會因為這樣就消沉。」

「咦？」

意外的答覆讓我發出訝異的聲音，可是新那學姊卻也一臉覺得奇怪的樣子。咦、咦～～？難道是我把「戀愛」代換成「格鬥遊戲」造成的弊病嗎？我現在的情緒和新那學姊的答覆完全對不起來。

心生動搖的我提出質疑。

「呃，那個，畢竟，那是學姊自己在技術方面最有自信的格鬥遊戲耶，那麼……要是輸給忽然出現，看起來又沒有多少『積累』的人，總會不甘心吧？」

「要說的話，應該會不甘心就是了。不過，要把看不出有多少『積累』當理由，我大概一點都無法贊同。」

「那、那是什麼意思？」

「畢竟事實上，我就是輸給對方了吧？」

「唔……」

有支箭插進我的胸口。事、事實上，就是輸了……我……輸給雨野……

我沮喪地低下頭，帶著蒼白的臉色咕噥。

「說、說得也對。我……事實上就是輸了……我還是該對自己的行為多反省……」

現實擺在眼前，我變得垂頭喪氣。

然而，這卻讓新那學姊有些傻眼似的給了我回應。

「就說啦，我跟你不同，不會像那樣消沉。說起來，在你做那些反省以前，應該先找對方把事情──」

當新那學姊嘮叨地把建議說到這裡的時候。

她似乎想起了什麼，突然一臉掃興地吐氣。

「……不講了。活像個傻瓜。」

「咦，怎麼忽然停住？拜、拜託給我建議啦。」

「啊～～……沒有，我不是在跟你賣關子……」

新那學姊嫌麻煩似的搔頭，然後轉頭重新面對我……她的眼裡蘊含著同情、沒好氣的情緒，還有一絲絲溫情看了過來。

「假如這完全是在談格鬥遊戲也就罷了，不過，實際上你是在談正經的感情問題吧？要我用玩遊戲的基準……明確地提出建議，感覺會有點令人卻步。因為呢，我一點也不想替你的戀愛負責任。」

「別這樣說！學姊的處事風格真的可以當參考，拜託妳——」

是的，就在我巴著新那學姊懇求的瞬間。

她規勸似的用食指戳了我的額頭。

好比母親責罵孩子那樣，學姊用了既嚴厲又溫和的臉色繼續告訴我。

「冒牌梅原，你連自己在戀愛方面的核心問題，都想從別人口中找答案嗎？」

「啊……」

霎時間，不知道為什麼——

在我看來，新那學姊有一瞬間……有短短的一瞬間跟亞玖璃重疊了。

大概是因為那聽起來就像亞玖璃會給雨野的建議吧。

儘管我有些愣住了……還是立刻用心思考她那些話的含意。

於是，我在下一刻就毅然收斂表情，並且正面回望新那學姊。

「……說得對。我明白了。剛才那件事的結論，我會試著自己思考，縱使那會跟學姊想好的答案有所不同。」

「沒關係啊。應該說，那才是正確答案嘛，對你而言。」

新那學姊溫柔地對我微笑。我也用笑容回應。

這時候，學姊「呼啊……」地打了個可愛的呵欠。

「啊～……我想把走路的速度再放慢一點。至於你咧，冒牌梅原……」

「是的，我了解了。那麼……下次請務必再跟我打一場！」

「嗯，了解。我會期待啦。」

「好的！」

我活力充沛地回答以後，便碎步跑向學校。

一回神，天上的雲朵已經比先前少了點。

＊

「那、那麼那麼，上原同學，請問你是怎麼想的呢！」

「沒錯，上原同學，看情形，關於你沒有管好自家女朋友這件事，或許我們非得向你追究才可以喔。」

「……啊～……」

眼睛底下有著深深黑眼圈的兩位美少女氣勢洶洶地威嚇我。

我實在窘於回應，為了爭取時間只好一邊把哼哼唧唧的聲音拉長一邊讓目光遊走室內。

放學後的電玩社社辦。

中央的長桌上雜亂擺放著好幾台時下流行的主機與螢幕；搭在牆際的鋼架則擁擠地擺著塞了大量操控手把與線材的塑膠盒。遊戲軟體的包裝盒本身倒意外地少，表現的應該正是這個社團注重「精而深」甚於「廣而淺」為信條的特質。

還有，目前在那裡——有三個人圍著長桌就座。

我，上原祐，背對著空蕩蕩的那面牆。然後，天道花憐與星之守千秋則是背對著鋼架。

今天電玩社原本的活動似乎休息，新那學姊他們都不在。

那麼，目前我們幾個……天道尚能理解，為什麼連我和星之守都聚集於此呢？

這全是因為……

「『來吧，請你好好說明雨野景太同學跟亞玖璃同學之間的關係！』」

「…………」

就是這麼回事。狀況可以推敲出大概了吧？能讓我們三個討論這件事，又不會被他人聽見的時間與地點……天道思索到最後，就變成這樣了。

我大大地嘆氣，然後揉了揉自己的肩膀……坦白講，我也一樣希望有人能對我說明……然而這兩個人的症狀怎麼看都比我嚴重，我就什麼也說不出來了。和我不同的是，天道和星之守氣質格外孤傲，或許她們就是把許多想法放在心裡憋太久，臉色才這麼悽慘。

面對用手拄著桌子起立，還滿眼血絲瞪過來的兩個女生，我決定先用實實在在的論點予以回應。

「那妳們該問的不是我，去問當事人才——」

「「我們敢問就不必這麼辛苦了！」」

「……也對。」

……嗯，這是我不好。的確，我也不敢直接向雨野或亞玖璃確認。尤其是亞玖璃，我以前已經跟她提過「你對雨野有什麼感覺？」這樣的問題，就很難硬著頭皮再確認一次。何況就算問了也……

於是，當我陷入沉思時，星之守就把我的顧慮說出來了。

「……還有還有，何況從那種情況來看，就算直接問他們本人，我想他們也只會理所當然地否認……」

星之守切中要點。沒錯，問題就在這裡。無論是雨野或亞玖璃，就算找他們本人問了對彼此抱持的想法，應該都只會回答「諮詢對象」或「弟弟」。而且這對他們本人來說，也絕無虛假的成分才對。

可是，即使如此，目前我們三個想知道的……自然並不是這些。

「「…………」」

現場的氣氛完全冷掉，天道與星之守都在稍微冷靜後姑且就座了。

為了排解焦慮，天道把身子靠著椅背還抱臂蹺腳。

「上原同學，今天雨野同學跟亞玖璃同學是在……」

「啊，雨野有說，他要去找昨天最後沒買到的那款遊戲。亞玖璃則是表示偶爾想跟同班同學閒聊，留在自己的教室。」

「是嗎……」

天道露出有些放心的臉色……她大概是擔心那兩個人又見面了吧。在天道旁邊，星之守也偷偷地捂了捂胸口。

然而，這時候……天道忽然提出了單純的疑問。

「話說，我明白上原同學和亞玖璃同學正在交往，所以上原同學的反應與我一樣是可以理解的。」

「嗯。」

「……呃……那麼，星之守同學到底為什麼……會受到刺激呢？」

「「！」」

我跟星之守頓時驚覺……沒有錯。雖然我們好像放太多心思在亞玖璃跟雨野的事情上面，就完全沒有顧慮到這一點……但這樣不行啦！這樣的話，星之守喜歡雨野這件事不就會被天道看穿了嗎！

意外被指出的問題讓我們倆沉默下來，天道就越顯納悶地開始來回望著我和星之守。

「難道說……星之守同學……果然還是對雨野同學……」

「「！」」

我和星之守臉上開始猛流汗…………呃，可是……

「（等等喔，這對自封「星之守戀愛聲援團團長」的我來說，不是好機會嗎？趁現在讓星之守宣戰，戰況多少會有一些變化吧……）」

這麼想的我試著對星之守使了眼色。於是……星之守就……

「…………！那個……」

她似乎尷尬萬分地把目光從我面前轉開了。那對眼睛裡在在顯示出「踐踏他人善意的罪惡感」！她大概是不忍心直接看天道，不知為何目前那同情的視線正朝著我……總之，這傢伙多麼善良啊！

當我想支持星之守這段戀情的決心變得越來越堅定時，星之守就突然站起來，還看似下定決心地轉向天道。

「天、天道同學！呃，景太和亞玖璃同學的事情會讓我受到刺激……那個……是因為……因為……我……！」

「（喔……喔喔！）」

終於確定要宣戰了嗎？星之守的氣勢讓我和天道都跟著吞了口水。

於是在下個瞬間……星之守講出了想都沒想過的台詞。

「因、因為我妹妹就是！〈ＮＯＢＥ〉，同時也是〈ＭＯＮＯ〉！」

「「…………什、什麼？」」

這套解釋來得太過意外，我和天道都為之一怔。

然而，星之守自顧自地從鼻子「哼哼」地呼了氣，還大大方方地帶著「自己辦到了」的態度就座──

「「不不不不不，我們什麼都沒有聽懂耶！」」

我和天道連忙吐槽。這時候，星之守表示「請稍待片刻」制止我們，然後閉起眼睛足足經過大約二十秒……才嘀咕了一句。

「我整理好了。」

「「妳整理好了？」」

整理什麼！咦，難道是設定嗎？妳把這件事的唬人設定整理好了嗎，星之守！

當我自個兒開始冒汗時，星之守便一派從容地鬼扯起來了。

「其實呢，我妹妹在網路上和景太有著命運性的聯繫。」

「咦？網路上的……命運性聯繫？」

「是的，詳情就省略不提了，不過那簡直是命運，何止如此，還有非常非常深的心靈聯繫！他們的關係理想到令人匪夷所思，沒錯！」

「是、是喔。」

星之守說明得莫名積極，天道就被唬住了。當我用「這是在演哪齣？」的調調觀望時，星之守清了清嗓又繼續說：

「然後……先不管景太那邊，我妹妹心春在知道對方是景太以後……簡直就……該怎麼說好呢……呃……被景太迷得神魂顛倒呢……」

「「（好老氣的用詞！）」」

從中可以窺見星之守聊感情事的經驗少得可憐。因此，我和天道出於關懷就把吐槽留在心裡了。

可是，星之守卻沒有發現，還滔滔不絕地繼續說：

「啊，不過不過，請您放心吧，天道大人。」

「─（她這是在興奮什麼？）─」

星之守開始以御宅族特有的不長眼調調放縱起來了。我們不知道該如何應對，只能乖乖聽她說。

「我才沒有讓妹妹橫刀奪愛的意思。畢竟對方是景太嘛，哪有當姊姊的會希望妹妹跟那種豆芽菜男交往呢！」

「嗯，那個，星之守同學，目前，我就是那位豆芽菜男的女朋友──」

「絕對免談啦！真的！雖然她是我妹，但居然會迷上那種貨色，連我都覺得太沒品味了！八成是沒有好好教養長大吧！妳想嘛，好比深夜播出的那種原作輕小說改編的動畫，看到女主角在第一話就愛上男主角，不是很倒胃口嗎！」

「…………」

「像那種賣萌的作品，往往都是不管怎樣先罵沒個性又大受歡迎的男主角，不過呢，我常常覺得簡簡單單就愛上男主角的女方也一樣扯──」

「星之守星之守，話說到這裡就好。妳現在正拿著槍對天道掃射！」

「啊。」

星之守警覺以後便看了旁邊女生的臉色。結果……我們學校的偶像……臉上正掛著皮笑肉不笑的表情待在那裡……嗯，我剛才搞懂了。星之守……難怪妳交不到朋友。

星之守「咳……咳咳咳！」地清嗓以後，又繼續說下去。

「所、所以嘍，我才不打算讓我妹妹從天道同學的身邊搶走景太。倒不如說，我還希望讓她見識天道同學跟景太的感情有多要好呢！」

「見識……我跟雨野同學的感情？」

天道把頭偏到一邊，星之守則溫和地對她微笑。

「是的。畢竟畢竟……像那樣看到你們倆幸福的樣子就能讓她死心的話……以結束戀情的方式來說，不是滿乾淨俐落的嗎？」

「星之守同學……」

天道同樣對她回以微笑。她們倆之間流露著某種溫馨的氣息……然而，在旁看著的我卻覺得揪心。

「（星之守……妳……）」

她的說詞裡總是充滿了天花亂墜的謊話。明明如此……另一方面，真正要緊的心意卻總是赤裸裸得讓人看不下去。

間隔一會兒，星之守又說「所以嘍」重新帶動話題。

「在我妹妹的戀情即將如此漂亮地劃下句點的這個階段，忽然冒出『亞玖璃同學』這種奇怪的愛情戲要角，是非常傷腦筋的耶！」

「「啊，原來如此。」」

我和天道不禁同時嘀咕。尤其是我，對這樣的說明感到分外佩服。

「（……沒想到這也說得通耶！）」

星之守千秋……雖然整體的溝通能力似乎令人絕望，但她好歹也是個創作者，居然只有編造唬人設定的能力特別出色。

虛構大師星之守又繼續說：

「像亞玖璃同學那樣的競爭對手出現以後，會讓我妹妹覺得『這樣我說不定也有一絲機會！好，我要加油～～！』這也是困擾的一點啊。」

「「嗯嗯。」」

「話雖如此，要是她發現『唔哇～～原來我在網路上認識的恩人雨野景太是個會劈腿的男生啊……』而讓初戀慘兮兮地結束，我也覺得有點可憐。」

「「是喔是喔。」」

「就因為這樣……說到底，身為擔心妹妹這段戀情即將結束的姊姊，我只是對忽然現身的女主角亞玖璃感到心痛而已！」

「「原、原來如此～」」

這套理由高明得讓人忍不住聽得入迷。什麼狀況啊？妳亂厲害的耶，星之守千秋。而且正因如此，感覺妳實在好空虛耶，星之守千秋！剛才妳到底繞了幾圈來表達自己的心意啊！

對於星之守的說明，天道看似認同地點頭。

「嗯，我確實明白了，星之守同學。呃……另外，我要向妳道歉！真、真是的，我還以為是妳本身對雨野同學……」

「不不不！我剛才就說過了，我才不會看上那種軟趴趴像條蟲一樣的男——」

「啊，好的，妳不用再提那些了！」

天道及時援救差點又被罵成豬頭的男朋友。

她咳了一聲，然後重新把話題帶回正題。

「回到雨野同學和亞玖璃同學的事情上吧。實際的問題是……在你們兩位眼中，雨野同學和亞玖璃同學看來感覺如何？」

面對天道的疑問，我和星之守彼此目光相接以後……就一起用死魚眼來回應。

「「假如這是戀愛喜劇，他們兩個完全走在最後會湊成一對的那種套路上。」」

「…………」

天道花憐用雙肘拄著桌子抱著頭。看來她感覺到的印象跟我們完全一樣。

星之守帶著仍舊死氣沉沉的臉色解釋。

「坦白說，連對戀愛喜劇不太熟的我都敢篤定了。像平時老是吵架的青梅竹馬之間就常常可以看見這一套。」

「應該說，活脫脫就是那樣，他們感情好到像是以『互相支援對方的戀情』為名目而發展出戀愛喜劇的男女主角。」

我們繼續補充。可是，看似還不肯承認的天道卻無力地回嘴。

「不、不過，你們這麼說，到底有什麼根據……」

「「主要就是根據妳男朋友看待事情的優先順序啦！（喔！）」」

「……我想也是。」

或許是情緒難以消化的關係，天道已經變成用機械般的態度來回應了。

我們三個大大地嘆氣。漫長的寂靜就此來臨，首先打破沉默的，是看起來打從心裡感到疲倦的星之守。

「實際上，那是怎麼回事啊？居然會把女生看得比電玩更優先……景太什麼時候變成會做出那種正常選擇的男生了！」

我忍不住對氣嘟嘟的星之守稍微吐槽。

「哎，不過一般來講，那樣也算有長進了吧……」

「這才不算長進！要叫喪失個性才對！我想到了！就好比某個戴草帽的海賊講出『當海賊王還不如找個安定的工作！』這種話一樣！」

「不、不會啦，冷靜想想，那也可以說是正當的人生選項……」

「走正當路線就是對的嗎！上原同學，要這樣說的話，不然你想看孫悟〇誠懇地向所有敵人勸說『用暴力不好！』的七〇珠嗎！」

「我倒有點想看。」

「你性子這麼拗喔！不、不過，先要有原本著名的正篇劇情吧！以二次創作來說還行得通，但是故事主線變成那樣就沒有人會想看了！」

「的、的確。」

「還有還有，從我的角度來看，目前景太就是像那樣！雖然我在那之前也有提過……雨野景太之所以是雨野景太，不正是因為他笨到會把天道同學難得的邀約拒絕掉嗎！」

「「對、對啊……」」

星之守講得格外激動，我和天道就有些退縮。天道還略顯困惑地對她吐槽。

「呃，星之守同學？那個……單純以令妹的戀愛對象來說，妳似乎擁有內容相當實在的

『雨野景太論』耶……」

「！不、不是的！呃，因為因為……對了，這是創作者的感性造成的！角色性格走樣，這種事情我無法接受，沒錯！」

「是、是喔……原、原來如此。」

天道被星之守的亢奮情緒所震懾，姑且接受了。為了幫星之守，我決定趕快帶過話題。

「總之，這次這件事最大的癥結，還是在於『雨野景太把亞玖璃看得比電玩還優先』這一點上吧。」

天道對我說的話點頭。

「雖然我不願意承認，但是沒有錯。其實……亞玖璃同學對雨野同學態度親暱這一點，感覺並沒有那麼大的問題，畢竟她原本就是個直爽的人。」

「對啦，亞玖璃確實對任何人都無拘無束。」

話雖如此，要讓熟悉亞玖璃的我來講，即使表面上看似輕浮，其實這傢伙對我以外的男人都會巧妙地保持距離就是了……哎，現在先別提這個好了，事情會變複雜。

於是，天道看似十分落寞地低下頭。

「雨野同學拒絕了我找他來電玩社的邀約……可是亞玖璃同學找他，他就優先答應了……果然……無論怎麼想，都表示雨野同學已經……」

「「…………」」

我和星之守都找不到詞打圓場。事實上，雨野景太就是拒絕了電玩社，還為了亞玖璃趕到她身邊。

這跟以往單純的錯失或誤會情況不同，壓倒性的「事實」就存在於那裡，光是陳述樂觀的看法也無濟於事。

已經不知道是第幾次的凝重沉默降臨於電玩社社辦。

星之守開口嘀咕。

「總覺得……這次聚會也相當無謂耶。就算我們談了些什麼……那兩個人的羈絆又不會因此就改變……」

「「…………」」

她的話深深刺進我們心裡……那番道理，所有人早早就明白了。即使明白……仍然不得不尋求安慰。

然而，這次似乎連互舔傷口都不成了。

「…………我們解散吧。」

天道喃喃地開口。實際上那大概是指「原地解散」吧……可是對現在的我們來說，很難不覺得話裡別有含意。

就這樣結束真的好嗎？

每個人都這麼想……無奈卻沒有打破局面的方法。

我們默默地從座位起立，開始各自準備回家——

〈叩、叩！〉

——就在此時，社辦的門突然被敲響了。我們不禁面面相覷。怕生的星之守看似有些緊張地問天道：

「會、會是電玩社的社員嗎？」

「不……奇怪了。我今天有交代過活動休息才對……」

天道一邊嘀咕一邊卻回答：「好的～請進～～！」催促神祕來訪者進門。

「打擾了～」

伴隨著女同學溫吞的答話聲，門被推開了。相當耳熟的嗓音。

結果站在那裡的是……

「啊，你果然在這裡！祐，真是的，你又跟一群美少女偷偷摸摸地躲在密室……」

「妳……妳怎麼會……」

這次話題的焦點人物兼我的女朋友——亞玖璃本人。

＊

「啥？雨雨最近變了樣？」

亞玖璃看似打從心裡覺得「少來了」地把頭歪一邊，然而我們三個可不服氣，就毅然跟她對望並且點頭。

……從亞玖璃來到電玩社社辦，已經過了十分鐘。

起初她對「男友瞞著自己跟其他女生幽會」這樣的狀況非常生氣，但透過我們拚命地解釋，目前姑且是得到諒解了。

話雖如此，關於我們在嫉妒雨野跟亞玖璃之間有多親密的部分，當然就省略沒有說明。在我們的說詞中，這次討論的只有「最近雨野景太的價值觀變了樣」這一點。

儘管亞玖璃的怒火算是就此平息了……相對地，她卻對議題冒出了疑問。

她在後腦杓交握雙手，還用後面的椅腳保持平衡把椅子晃來晃去地玩，一邊又說：

「什麼情形啊？那種事情，有必要三個人滿臉嚴肅地專程聚在一起討論嗎？」

以單一議題來說內容確實薄弱到極點。無法講明對雨野和亞玖璃的關係有所懷疑，才會造成這樣的偏誤。

當我們苦想不出藉口時，忽然間，天道就從鼻子猛呼氣，一邊扯開嗓門了。

「光是這一點就夠嚴重了啊！倒不如說，在這世界上只要跟雨野同學有關係，沒有任何一件事是不重要的！」

「嗯，來自笨情侶其中一方的超偏頗意見，人家不想聽。」

「先、先不管我是雨野同學的女朋友這一點好了，實質上他現在就是電玩同好會的中心人物喔。這樣的人物開始輕忽電玩，對同好會而言不就可以說是事關重大嗎？」

「不會耶……人家還是覺得沒有到事關重大的地步……」

亞玖璃「嘿！」地改回原本的坐姿，然後朝我們三個看了一圈問道：

「總覺得你們從剛才就有點言詞閃爍。說穿了，都是因為那件事吧？昨天雨雨放棄了新上市的遊戲趕來找人家，讓你們感到介意對不對？」

「「唔……」」

明明我們都沒有直接提及這件事，還是被看穿了。哎，也難怪啦。隔不到一天就像這樣聚在一起討論，任誰都能察覺「那一點」大概才是直接的原因。

亞玖璃有些傻眼似的嘆氣後，從書包裡翻出了大顆的薄荷錠塞到口中。她也有請我們吃，但我們全都拒絕了。亞玖璃不怎麼在意地收手說：「是喔。」接著，她自顧自地把薄荷糖含在嘴裡轉了一會兒……然後才用莫名輕鬆的調調開口：

「呃……怎麼搞的，你們在耍笨嗎？」

「咦？」

亞玖璃那種像是打從心裡感到傻眼的語氣，讓我們嚇了一跳。儘管她對實在還不算熟稔的天道及星之守都有保留情面，卻還是看似「不說不快」地繼續告訴我們。

「那個……人家確認一下喔，對於這件事情，你們是真的在煩惱對不對？並沒有抱著耍寶的態度對吧？」

「當、當然了！才沒有人跟妳胡鬧！」

星之守難得有些憤慨地回答。對此亞玖璃則是帶著笑容簡單地賠罪：「抱歉抱歉，我只是想做個確認啦。」……然後，她嫌麻煩似的搔了搔頭。

「唉，你們好無聊耶……真受不了……」

面對那種格外「有架子」的態度，就連我和天道都有點惱火了。

天道難得稍微加重語氣說：

「亞、亞玖璃同學，我尊重妳的意見，不過，雨野同學原本是會拒絕我的邀約……拒絕加入電玩社的人喔。那麼，目睹他寧可放棄寶貴的新上市遊戲也要選擇妳……我們會感到動搖或者產生懷疑也是難免的吧？」

「呃，所以啦，當你們起疑的時候就…………啊～～……真是的……」

亞玖璃講到一半就放棄說明，然後無奈地聳聳肩，從口袋裡拿了智慧型手機好像要做些什麼。

在大家的注視之下，她用雙手迅速地反覆朝螢幕又點又滑，還用頗尖酸的語氣開口：

「……因為口頭上再怎麼說明好像也沒用，人家才決定這樣做……不過，老實說這不是什麼有品的做法耶。所以嘍，之後你們記得要一起道歉喔。」

「？」

亞玖璃一邊講著讓人聽不太懂的話，一邊又繼續操作手機。

就這樣過了約一分鐘。她操作完確認過畫面……接著便環顧我們，嘆了一口氣。

「……唉……沒辦法，發送出去嘍。」

「？」

從這句話可以聽出她似乎是發了郵件或簡訊給某個人，然而，我們到現在還是不太了解狀況。

亞玖璃又拿了一顆薄荷錠，然後隨手塞進嘴裡，並且看似憂鬱地望著自己的手機，改用閒話家常的語氣向我們開口。

「說到雨雨啊，其實人家剛才在主校舍跟他碰過一面。」

「咦？那傢伙今天不是去找遊戲了嗎……」

「對啊，實際上似乎是這樣沒錯。不過據說他半途發現智慧型手機忘在抽屜裡，就不甘不願地折回來了。而且不巧的是，手機已經被校工收走，接下來好像還要到辦公室辦理滿麻煩的手續才能領回來……」

「感覺真像雨野同學會碰上的事呢。」

天道淡淡地微笑。反觀亞玖璃卻意外地不太開心，還看似無聊透頂地望著自己的手機。

「唉，確實很像他的風格……不過人家現在想說的是，照這樣看來，雨雨大概還待在這附近吧。」

「？呃，那怎麼了嗎？」

「哎呀，所以嘍。」

亞玖璃說著又深深地嘆氣……然後才像打定某種主意，把自己的手機擺到桌子中間給我們看。

雖然我們三個對她依舊莫名隨便的態度有點不爽，還是只能站起來探頭看向手機畫面。

結果上頭顯示的是……簡訊軟體的畫面。亞玖璃的角色圖示對雨野到現在仍未設定圖像的樸素圖示傳了兩則訊息。

我們把臉湊在一塊，讀起那段文字的內容。

〈雨雨，剛才人家聽同學提到，據說你要找的那款遊戲，在離學校最近的電玩店有看見只剩一套了喔～趕快去的話或許還來得及！〉

「！」

我們不明白這段訊息有何用意，便不自覺地看向亞玖璃。亞玖璃卻還是帶著憂鬱似的臉色，只用下巴催我們「繼續讀」。

我們只好把視線落在疑似她接著打好的另一則訊息上。

〈對了，還有還有，其實今天我男朋友難得跟哥兒們大吵了一架，心情超沮喪的。剛才他還跟碰巧遇見的天道同學借了電玩社社辦的鑰匙，說是「想獨自靜一靜」就把自己關起來了。所以嘍，之後你要是有空，也打個電話給他吧。〉

「「這是……」」

天道和星之守把目光轉向我。我搖了搖頭……呃，上面寫到我跟哥兒們吵架，可是我根本沒有印象啊……

我們看向亞玖璃以後，她就一邊玩指甲一邊若無其事地看都不看我們就說：

「遊戲和吵架都是百分之百的謊話啦。人家讓空穴來了一堆風。」

「啥！」

完全莫名其妙。異樣的沉默充斥室內。霎時間……傳來了有人匆匆忙忙跑過走廊的聲音。我正想是怎麼回事……那陣腳步聲便越來越接近這裡。

於是，沒想到在下一瞬間，門就喀啦作響地被人猛力打開了。

「上上、上、上原同學！不、不要緊！有、有有我站在你這邊，所、所所、所以請你不、不要太沮喪……！」

有個男同學隨著口吃嚴重到讓人聽了都害臊的台詞出現在現場。那是個瘦得像豆芽菜，還跟昨天一樣搞到滿身大汗的少年。換句話說……

「……雨、雨野？」

「啊，上原同學！那個，雖然我不太清楚是怎麼回事，不過你起碼還有我這個朋友……咦?奇、奇怪……亞玖璃同學和天道同學怎麼在這裡……連千秋都在……?」

雨野把流到下巴的汗水擦掉，並踏進社辦。於是乎，大概連他也發現「情況跟昨天好像」，便警覺地望向亞玖璃。

接著，亞玖璃立刻雙手合十，還閉上一邊眼睛對雨野道歉。

「對不起，雨雨！呃，因為發生了一些狀況……」

「難道……」

「是的！如你所想，這是人家最近的拿手好戲……『沒事找事地叫雨雨』！啾咪！」

「什麼拿手好戲啊！咦？表示遊戲的庫存消息，還有上原同學心情沮喪的事情都……」

「那段文章純屬虛構。與實際存在的人物、團體絕無任何關聯。」

「咦？是怎樣？極為輕易實現的要命行徑嗎？」

雨野一聽到真相，似乎就洩氣得渾身無力了。亞玖璃立刻打開預備的折疊椅，讓他坐到自己旁邊。

「「…………」」

至於我們三個……則一邊看著這一連串的過程，一邊陷入與昨天不同的情緒漩渦，只能傻愣愣地張著嘴巴。

胸口開始悸動不安。跟昨天一樣……可是，這種悸動卻與昨天有著決定性的差異，有別於嫉妒或疑心所造成的悸動。

「……咳咳。」

隨後，或許是太急著趕到這裡的關係，喘不過氣的雨野咳了起來。我們忍不住表示擔心，他就尷尬似的伸手制止說：「不、不好意思，我去喝一下水。」然後匆匆離開座位，走出社辦衝到附近的廁所了。

「「…………」」

而我、天道，還有星之守，三個人都顯得面無血色地望著他離去的那道門……這時候，我們也開始理解了。

今天的我們之所以讓亞玖璃那麼不耐煩，原因是出在哪裡。

亞玖璃依然有些傻眼地望著這樣的我們……然後看向雨野離去的門口，彷彿別無責備之意地嘀咕：

「好啦，剛才講到哪裡？你們說誰個性走樣了？你們三個繼續談吧。」

「「…………」」

我們不禁低頭……事到如今，強烈無比的羞恥與後悔才湧上內心。亞玖璃看著這樣的我們，輕輕吐氣以後，臉色就放鬆了些。

「假如你們覺得雨雨跟人家看起來特別要好，人家也覺得有點過意不去就是了。不過看完剛才那一幕……你們都懂了吧？」

面對亞玖璃所說的話，我低吟似的回答：「是啊……」

「這次雨野碰巧是為了我趕來……不過即使煩惱的人是天道或星之守，結果大概也會一樣吧……」

「哎，就是這麼回事。」

亞玖璃對我笑了笑，又對天道好言相勸。

「還有呢，關於雨雨之前拒絕妳的社團邀約那件事，那是因為……」

亞玖璃剛說到這裡，雨野就喀啦作響地開門回來了。

「「…………！」」

我們三個不禁因為罪惡感而從他面前別開臉，低下頭。

「？」

室內的氣氛如此詭異，使得雨野呆住了。當他畏畏縮縮地就座時……亞玖璃就露出平時那種小惡魔般的笑容，對雨野說道：

「欸欸欸，雨雨！」

「什、什麼事，亞玖璃同學？」

「我問你喔，雨雨，你笨到寧願以自己玩遊戲的風格為優先，也要推掉在電玩社跟天道同學一起歡度青春的邀約對不對？」

「啥？怎、怎麼突然問這個？倒不如說，你們現在聚在一起是……」

「反正你回答就是了啦，雨雨。你是個笨瓜，對不對？」

亞玖璃用認真的目光往上瞟著雨野。完全不明瞭狀況的雨野一瞬間嚇到了，卻還是把視線別到一旁回答：

「哎……的確啦，我是個笨瓜。真抱歉喔。」

「嗯，可是笨成那樣的你，昨天和今天卻為了人家還有祐，就把遊戲拋到一邊對吧？那是為什麼呢？你徹底把自己當現充了嗎？你不當電玩咖了嗎？」

亞玖璃提出直搗核心的問題。我們感到有一絲緊張。

然而，雨野本人卻一副不懂這些問題有多重要似的歪頭。

「呃，我確實是拿電玩當理由而糟蹋掉自己青春的『電玩痴』沒錯……」

就這樣，他好似理所當然地繼續說了下去。

「不過，我想我並不是在自己重視的朋友有難時，還用電玩當理由對他們棄之不顧的『人渣』啊。」

「…………」

「……請妳不要太瞧不起電玩咖了，亞玖璃同學。」

「抱、抱歉抱歉，雨雨。」

這樣的互動終於讓我們變得不敢直視雨野的臉了……不當地擅自把他這個人評價得太低，使我們打從心裡對自己感到羞恥。

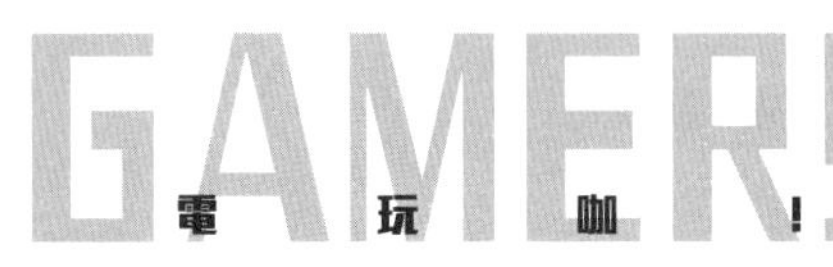

不過雨野本人絲毫沒有察覺到現場這樣的氣氛，還責備似的瞪向亞玖璃。

「亞玖璃同學，話說妳為什麼從剛才就有點在擺架子啊？」

雨野對談話的經過毫不知情，當然會有這種疑問。然而，亞玖璃回答不了他的問題，就把視線轉開。

「哎、哎呀？呃～～果、果然，你會在意嗎？」

「是啊，感覺會在意耶！被耍得團團轉以後，還被妳格外高姿態地一連問了幾個像是在『考驗些什麼』的問題……就算是我也會覺得不爽！」

「雨、雨雨！人、人家覺得對女生動粗，要算在『人渣』的範圍內喔！」

「請放心，我不會打妳。只不過……我要用冒了汗的這雙手摸幾下妳的私人物品！」

「哇，不要摸人家的手機～～！變態～～！」

他們倆說著說著，忽然就在狹窄的社辦裡開始追逐起來。

我們望著他們兩人，深切反省自己可悲的疑心病。

「「…………」」

我們在心裡一再向雨野賠罪，還打定主意之後要好好開口向他道歉。當我們蘑菇的時候，他們倆仍繼續互動。

「妳認命吧，亞玖璃同學。我今天……說什麼都要摸到！用這雙汗濕的手！摸妳的私人物品或制服衣角！」

「呵，就憑你……還滿有氣勢的嘛，雨雨。大姊姊對你的成長有些欣慰喔。」

「妳也只有現在能保持從容嘍……喝啊！」

「小意思！這招你覺得怎樣～～！」

「哇、哇哇，妳、妳怎麼亂動！剛才差點就摸到胸部了耶！」

「哼哼～～雨雨，看到沒？這就是人家的『對雨雨專用』戰法之一！『恐怖的強制性騷擾』喔！一旦出招成功，對手的社交生命就毀了。」

「唔，太卑鄙了……！不過……即使如此，我今天說什麼也要……！」

「嘿嘿～～人家知道像雨雨這樣的處男，是克服不了對這套戰法的『恐懼』的！來啊～～你會摸到人家的胸部喔～～」

「唔，明明萬一被摸到，妳自己也會厭惡耶！」

「才沒有那種事情呢～～因為人家就算被你摸到胸部，也一點都不會在意！」

「我、我也一樣啊，換成其他女生還不好說，可是摸妳的胸部完全不成問題！所以嘍，我才不怕妳這一招！」

「唔，看來你真的想拚呢，雨雨。那麼……人家也祭出最後手段好了……」

「還、還有比用胸部防禦更厲害的最終手段嗎？那、那到底是……」

「有破綻！人家要溜嘍！」

「啊，站住，亞玖璃同學！呃，不好意思，那我今天也先失陪了！」

亞玖璃抓起書包離開電玩社；雨野景太在向我們賠不是的同時也立刻追了上去。

走廊鬧哄哄地響起他們倆跑掉的腳步聲，而我們三個先是對雨野深深地致歉……由於他本人不在，便以默禱片刻的形式來呈現。

致歉之後。

到頭來。

就算事情是這樣。

我們無論如何都不得不用全力吶喊。

「話雖如此，你們未免也太要好了吧啊啊啊啊啊啊啊啊啊啊啊啊啊啊啊啊啊啊！」

雨野景太與亞玖璃。

旁人對他們倆完全釋疑的那一天，似乎仍遙遙無期。

✖星之守心春與尺度開放

「心春同學，妳想問我……除了情色遊戲以外有什麼可以推薦的遊戲？」

「是的。有問題嗎？」

黑髮雙馬尾的美少女——星之守心春，背對著從窗戶照進來的夕陽，用力對我點了頭。

「呃，事情本身倒沒、沒有什麼問題啦……」

儘管我這麼回答，卻還是放不下心地目光四處游移。

放學後的學生會室。夕陽照了進來，我跟美少女在頗有情調的密室裡，孤男寡女。

……在這種情況下還能表現得坦蕩蕩的傢伙，頂多只有輕小說主角。像我……雨野景太這樣的落單路人型高中男生，就只有一邊莫名其妙地冒汗一邊結結巴巴地答話的份了。

我這副模樣讓話題中的美少女……心春同學傻眼似的嘆了氣，並且在豐滿的胸脯底下交抱雙臂。

「……學長還是老樣子，舉止就像典型的繭居落單宅男耶。」

「因為我實質上就是典型的繭居落單宅男啊！」

被年紀比自己小的女生當面批評，讓我難受得忍不住泛淚，但我仍設法回嘴。

「就、就算不是我好了……放學後，被叫來人生地不熟的其他學校，地點又是學生會室這種舉足輕重的處室，一般都會不知所措吧。」

我說著環顧四周。沒錯，其實呢……這裡並不是我就讀的音吹高中的學生會室，而是偏差值較高的鄰近學校……碧陽學園的學生會室。剛來其他學校的學生會室還能一派輕鬆的高中生，實際上應該不多。

回答「確實也是」的心春同學一瞬間差點表示認同，但她立刻又補了一句。

「拜訪一般的學生會或許是這樣沒錯……不過雨野學長，你好歹也是個男的吧？」

「咦，這個話題跟身為男生或女生有關係嗎？」

「有喔，大有關係。畢竟說到男人啊……」

這時候，心春同學有些臉紅地挑眉，還一副不知道在氣什麼似的告訴我：

「乍看下再怎麼懦弱內向，只要發展成十八禁劇情的局面，馬上就會興致大發地玩起野外play或口頭凌辱，男人不就是這樣的生物嗎？」

「呃，心春同學，討論男人別用情色遊戲的男主角當標準好不好！現實中的男人並沒有全部都那樣！」

「真的嗎～～？感覺像學長這樣的草食男，反而會在『辦事』時講出『來啊……說說看妳想要什麼』之類的詞耶……」

「雖然我對妳的論點有一絲理解啦！不過，那終究是以情色遊戲的觀點來說！現實中不會有那種狀況！懦弱的人就會一直都懦弱！」

大、大概吧。我才沒有機會實際看人纏綿，根本就不敢篤定。

心春同學瞪圓眼睛，打從心裡感到意外似的嘀咕：

「這、這樣啊。對不起，我修正一下認知。」

「能這樣就太好了。」

「嗯，相較於情色遊戲的主角，雨野學長是在『各方面』都比較小的男生……行了。」

「嗯，因為我會怕，就不跟妳追究所謂的『各方面』有包含什麼了。」

「我想這是明智的判斷喔。」

心春同學微微一笑，坐到上座……呃，對她那種乍看下依舊讓人完全察覺不到的「情色遊戲迷」本色……我發出嘆息的同時，還是仔細望著她重新端詳。

星之守心春。在學生會選舉幾乎等於選美大會的私立碧陽學園當中，身為一年級仍漂亮地拿下學生會長寶座的頂級美少女。此外，成績也極為優秀，認真努力的一面讓學生及老師們大為讚賞，聲望更是雄厚無比。

原本像她這樣的女生，與就讀不同高中又屬於不起眼的落單路人角的我……雨野景太，

應該是毫無交集……唉，不過如各位所見，經過一些雜七雜八的事情，目前她跟我就稍微混熟了。

順帶一提，關於「雜七雜八」這個部分，發生過的事情真的太多，我實在沒辦法詳盡說明，抓重點來講的話，基本上她就是我所認識的熟人……天敵星之守千秋的妹妹。

哎，如果只有這樣，頂多只能算「熟人的妹妹」就是了……然而，某一次我不小心得知她是「情色遊戲迷」這件事（只有我曉得），彼此的關係就大為改變了。

後來，又經過些許迂迴曲折……到最後，我們目前的關係應該是定調為「興趣相同的同志」、「祕密共有者」吧。儘管並沒有融洽到可以互稱「朋友」；要單純視為「熟人」，彼此分享的內情又太過複雜……相當微妙的關係。

不管怎樣，跟這樣的女生孤男寡女待在他校核心處室……這種情況對我來說，當然是非常難鎮定。

直到這時，原本一直在觀察我的心春同學才看似有些過意不去地開口說道：

「哎，雖然說學長平時感覺就像個閒閒沒事的落單族，忽然把你叫來這裡，我也覺得挺抱歉的喔。」

「我覺得那不是真心想道歉的人該說的詞耶，不過算了。實際上，我這陣子也習慣突然被人叫來叫去的了。」

因為某位友人的辣妹女朋友。沒被她要求請客反倒就算不錯了。

不過問題是……

「可是，為什麼要我來碧陽的學生會室？規規矩矩地約在外頭碰面就不行嗎？」

我一邊看向室內一邊問，心春同學不知為何臉就變得有點紅。

「外、外面啊……在家庭餐廳用鮮奶油play、在公園玩野外play、在圖書館用『克制音量』的方式play，都不太合我的喜好耶……」

「欸，我不是在聊情色遊戲！」

「我曉得啊。」

「驚人的回馬槍！」

沒想到在這個案例中，居然是認真吐槽的一方吃虧。搞什麼啊，好丟臉。

「先不開玩笑了，其實要與學長祕密會面，除了這裡以外別無選擇喔。」

「是喔……那又是為什麼？」

我呆愣愣地問了以後……心春同學就像在講述天經地義的事實一樣淡然回答：

「咦？要是被別人目睹我跟雨野學長獨處，不就比地獄還慘了嗎？」

「我現在的心境才像地獄啦！」

很不巧的是，我沒有那種心臟能承受小女生對我講出「誰受得了被人看見和你在一起」

之類的話。這什麼情況啊？我好想哭。我好想回家。

當我哭喪著臉準備拿書包起身的時候，心春同學就慌忙打圓場了。

「不、不是啦，我沒有惡意！學長好歹也是有女朋友的人啊！別看我這樣，我一樣很受歡迎的！要是被人亂傳八卦，彼此都會傷腦筋吧！」

「……哎，話是這麼說沒錯……」

「對吧？與其讓事情鬧成那樣……放學後，在人影稀少的密室裡，兩個人偷偷摸摸地聊些令人臉紅心跳的色色話題還比較好，不是嗎？」

「ＯＵＴ了啦！完全ＯＵＴ！偷偷摸摸地聊猥褻的話題，簡直比單純搞外遇還要黑暗！我、我覺得會對不起天道同學，這次聚會還是取消——」

「欸，你等一下，別、別走啦！」

在我準備要回家時，心春同學就將手放到我的兩邊肩膀上，硬是用體重把我壓回座位。

放學後，我在他校的學生會室，被緊貼身邊的美少女用盡力氣壓住了。

……嗯，這樣不行吧。即使心春同學對我連一丁點的好感也沒有，單純從物理上來看，這樣難保不會被認定為外遇。

為了把心春同學的體重扳回去，我開始硬是使勁站起來。於是……她焦急似的拚命喊了些什麼。

「雨……雨野學長，我想聽你好好談一談你推薦的遊戲耶！」

「唔。」

身為電玩痴的男生頓時放鬆力氣，一屁股坐下了。我和心春同學面對面望著彼此，沉默了幾秒鐘……隨後，我清了清嗓並轉開目光回答：

「…………哎，只是聊電玩的話，我倒不排斥……」

「不妙耶，這個電玩宅男超好哄的。」

「我回家了。」

「啊～～等一下等一下！好啦，我今天真的只是想跟學長聊電玩而已！」

心春同學急著自圓其說，我則是瞇起眼瞪她。

「……妳、妳不會一下子就把話題扯歪到那方面嗎？」

「怎麼會啊，把我講得像整年都在發情的母猴子還什麼一樣！……不過『整年都在發情』的部分，我是不否認啦。」

「要否認啦！就算把『母猴子』保留下來，起碼也要否認那一點才行！」

「總、總之，我們今天閒聊的話題就以家用遊戲為主！麻煩學長了！好嘛？好嘛？」

「……哎，既然如此……」

我總算放下戒心並深深地就座，心春同學便放心地捂了胸口，還一面嘀咕：

「……真的耶，要姊姊的那一套完全可以通用，太方便了……」

「啊，剛才我好像被當成和千秋相同格調的人看待，我還是回家好了。」

「學長還是老樣子，連別人的自言自語都聽得一句不漏耶！沒、沒有啦，我開玩笑的！開開玩笑而已！雨野學長，你跟我姊姊不一樣，沒錯！」

心春同學拚命打圓場……我只好奉陪了。

我在心春同學右邊的座位（平時好像是副會長的位子）重新坐穩，然後就抱著好似參與會議的態度，要她趕快把話題繼續下去。

「所以呢，妳又為什麼要特地找我聊情色遊戲以外的遊戲？要聊那個的話，問妳姊姊的意見不就好了？」

儘管我不情願……但她的姊姊，也就是星之守千秋這個人，所擁有的電玩觀念及知識幾乎與我如出一轍。與其像這樣特地偷偷摸摸地把外校男生找來聊推薦的遊戲，跟家人商量省事得多。

心春同學卻猛搖頭。

「我姊姊確實跟學長很像，可是，單單在能不能接受『萌』這一點上面，你們就有致命性的意見歧異不是嗎？」

「也對啦……」

我跟千秋敵對的理由，正是這一點。基本上，我們兩個的感性相似到簡直像是彼此的分身，卻只有對這一點的結論完完全全相反。

「然後這次呢，對我而言，那是滿重要的一點。」

「怎麼說？」

「坦白講，就是『請推薦連我這種情色遊戲玩家也會想玩的家用遊戲』。」

「原來如此。」

討厭「萌」的千秋確實無法勝任這種任務，難怪問題會落到我頭上。

儘管我立刻在腦裡列出推薦的遊戲名單，卻又進一步問道：「不過——」

「要找那種遊戲，妳查網路的話要多少有多少不是嗎？」

「我當然會參考網路的情報，不過直接從身邊人們徵詢到的意見依然寶貴啊。」

「啊，這我可以理解。」

「對啊對啊，直接一點比較好。玩到床戲場景時，我也喜歡不戴直接做，在節奏上比較乾淨俐落。」

「我不能也不想理解，而且我根本不想聽妳談這個。」

「啊，當然那僅限於創作方面喔。我覺得在現實中絕對要小心才行！不負責任地縱情於快樂的行為是錯的，萬萬不可以！」

「非常正當的意見，我也全面表示贊同，不過妳具備如此正當的判斷能力，為什麼在赤裸裸地展現對情色遊戲的性癖好時就一點也不會感到躊躇？」

「對我而言，完全不談及本身性癖好的情色遊戲評論就是種『逃避』。」

「妳到底在對抗什麼？」

「對了對了，還有我想問，為什麼男人都好像理所當然地想射在裡——」

「我說過了，拜託妳別拿情色遊戲來當成討論男人的基準！還有在密室裡聊這個真的NG了！」

我滿臉通紅地抗議，心春同學就納悶似的偏了頭。

「呃，在公開場合聊這些才更加NG不是嗎……？」

「突然被妳用合理至極的說詞吐槽回來了！感覺好氣人！反、反正在孤男寡女的狀態下聽女生開黃腔，我會非常難回應啦，請妳不要這樣！」

「…………哦～」

「請妳不要擺出像是找到好玩具的眼神。我要回家了喔！」

「抱歉。那我以後對那話兒的話題會節制一點。」

「哪門子的低級誓言啊，史上罕見耶。還有，不要只限定某個部位，請妳對所有黃腔都要節制點。」

我如此提出要求以後……心春同學就把手指湊到下巴，沉默了一會兒。

「…………」

「…………」

「…………………呃～～…………………學、學長，今天天氣不錯吧？」

「沒哏到這種地步嗎！光是禁開黃腔，妳馬上就沒哏成這樣了嗎！」

「因、因為……我是個只能跟學長用情色相連的女人……」

「什麼鬼用詞啊！我們是因為對情色遊戲的興趣才多少搭上關係的吧！」

「哎，我覺得這樣也有這樣的問題就是了。」

「真的耶！」

心春同學看我累得喘不過氣，還嘻嘻哈哈地笑出來……不行，這個女生明顯是會霸凌別人的那一型。她有著猙獰的獵食者眼神，身上充滿了和亞玖璃同學別有不同的活力。

我疲憊地把手臂擱到桌上告訴她：

「受不了耶……心春同學，就算玩情色遊戲的同伴很稀少，講話還是要留些分寸啦。」

「……原來如此，所以傍晚能聊的話題頂多只到『前戲』為止，這樣的認知ＯＫ嗎？」

「ＮＧ啦！尺度寬鬆也要有限度！倒不如說，虧妳平常還能隱藏本性安分過日子！」

「是啊，真的耶。多虧如此，解除限制時馬上就會像這樣猛洩！」

「這下子我好像理解了！但是，可不可以請妳在我面前也多用點心思！」

「呃……啊，學長，那麼……你需要盒裝面紙的特價情報嗎？」

「妳這是哪方面的心思！」

熟人的妹妹居然有如此要命的性格，誰能想像啊？多虧如此，我吐槽的口氣也不由自主地變粗魯了。除了對家人和千秋以外，我第一次表露出這麼粗魯的一面。我不禁按著太陽穴嘀咕：

「夠了……心春同學，妳的真面目就是滿腦子只有下流哏的純正痴女嗎？」

心春同學聽我這麼一問，就非常不滿似的噘起嘴。

「沒禮貌。才不是這樣喔。我好歹也是學生會長耶，本質當然是個認真純潔的模範生，請不要瞧不起我。」

被她用那副凜然的表情提出反駁，我立刻反省。

「這、這樣啊。或許我說得確實太過火了點，對不起……」

面對還沒有那麼熟的人，我好像稍微得意過頭了……

「真是的。先跟你聲明喔，從平時就專心於探求知識的我最喜歡兩個詞——那就是『調查』還有『教導』！」

「湊在一起不就變成『調教』了？」

是我自己蠢，還起了一絲絲反省之意。

「哎呀，真巧耶。」

「假如可以巧成這樣，妳根本是為了講下流哏才出生的。」

「不不不，即使學長這麼誇我……我頂多只能流出大量的奶水喔。」

「哪門子的特殊體質啊，簡直像情色遊戲一樣！還有妳幹嘛扯那種謊！」

糟糕，說真的，我差不多累了。大嘆一口氣以後，我低聲咕噥：

「認真拜託妳…………饒了我吧。」

「饒什麼呢？哎呀呀，學長好快就沒力了，真沒用～」

心春同學一邊賊笑一邊對我講出這種話……明顯就是故意的。她確實很迷情色遊戲，為人也活潑帶勁，可是開口不離鹹濕絕非她的自然本色。今天心春同學顯然就是把我當玩具。

……照這樣看來，真的只能趕快把話題帶過去了。

我一面用手指在桌面輕敲，一面帶回正題。

「那妳想要我推薦的，是只有家用主機才能玩到的美少女遊戲嗎？」

心春同學聽了我的問題才終於停止胡鬧，並露出認真的臉色。

「不，那方面的知識就不用勞煩學長了。這次我想請教的比較不在自己的關注範圍內……請推薦我文字冒險以外的遊戲，好比說ＲＰＧ或動作類的。」

「啊，這樣啊……感覺挺意外的耶。恕我失禮，我最近完全把妳當成『專門玩那一類遊戲』的玩家了。」

「真的很失禮耶。我也會玩遊戲性實在的作品喔。」

「我想也是，對不起……」

「擅自斷定別人的興趣嗜好，根本愚不可及。我要深深反省……」

「像戰國蘭○、BALDR S○Y、神○鍊金名匠我都有玩。」

「嗯，確實很有遊戲性，但是妳列出來的這些遊戲名稱，完全無法抹消『專門玩那一類遊戲』的頭銜耶！」

「哼……要超越這幾款情色遊戲的名作，我可不覺得憑家用遊戲界能舉出多少作品！」

「我為什麼被嗆了！妳、妳不是想找我推薦作品嗎？」

「好吧，那就讓我見識你們業界有什麼本事啊。」

「……話說到這個份上，總覺得妳果然是千秋的妹妹耶。」

「唔哇～你這句發言亂下流的耶，學長。」

「哪裡下流了！唉，夠了，反正要我推薦遊戲的話……」

我想了一下，然後試著提出穩當的作品名稱。

「不然，妳可以先從鍊○工房系列入門……」

「哈！」

別校的學妹立刻用敗興的臉色鄙視我。

「一開口就先對情色遊戲玩家推薦○金工房系列，這樣的選項未免太穩當可靠，聽了就讓人反胃！」

「百分之百的善意回答居然會讓人反胃。」

「的確啦，老實說我自己對鍊金○房系列也超好奇的。任何一款三部曲系列的插圖都棒到極點，美得讓人心裡開小花，遊戲性也設計得相當舒適而用心，還看得出有豐富的內容可以深掘。不管怎麼看都正中好球帶，簡直可以掛保證，不會有比這更合我喜好的遊戲。不過正因為這樣，事到如今哪裡還需要學長推薦！舉這麼棒的作品當例子，你是在耍蠢嗎！你不覺得羞恥嗎！」

「我想都沒想到，提供了正中好球帶的情報還會被罵成這樣。」

「太刻意了啦！好比有人問：『我喜歡吉卜力作品，有沒有什麼電玩遊戲可以推薦呢？』然後你就回答《○二國度》一樣！這種事情還需要你說嗎！」

「唔，我有點能理解，好煩喔！」

的確，聽她這樣說，我倒不是無法體會「太刻意了啦」這句批評的意思。

心春同學傻眼似的一邊嘆氣一邊催我繼續說。

「所以嘍，我們重來一遍。請學長考慮過這些環節，然後重新推薦。」

「唔唔……沒想到居然會有推薦遊戲推薦得這麼『艱苦』的一天……」

這是在練習壓力面試還什麼來著嗎？跟可愛的女生談自己推薦的遊戲……原本這應該是幸福到讓御宅族男生垂涎的情景耶。現在我卻覺得胃非常痛，不能答錯的壓力排山倒海而來。搞什麼啊？我好想回家。

這次，我無言地足足想了大約一分鐘……然後畏畏縮縮地回答。

「呃，要不然，異塵餘○系列呢……」

「此話怎講？」

「什麼叫此話怎講！啊，沒有啦，因為太遷就情色玩家的品味好像讓妳不滿意，呃，所以我索性推薦另一種極端，有硬派世界觀及圖像，卻好玩得沒話說……同時在情色遊戲業界也找不到同類型的遊戲。」

「原來如此，我明白學長的用意了。」

「呼……」

「可是這一次，學長又太過忽略我骨子裡就是個情色遊戲迷這一點，因此請容我還是駁回。」

「要我怎麼辦啦！」

不講理也要有限度。無論將情色遊戲方面的品味考慮進去或者撇開不管，居然都被心春同學說不行。

而且她依然一副過錯主要都在我身上的態度，還無奈地聳肩。

「哎，異塵○生感覺確實滿好玩的啊。以前我看姊姊玩過，也覺得那是款很棒的遊戲，堪稱『情色遊戲業界還沒有辦法追上的電玩娛樂』之一。從這個角度而言，可以說是十分值得我接觸的遊戲軟體。」

「既、既然這樣……」

「不過呢，無奈的是……我還是希望能多少被電玩刺激到性慾嘛。」

「妳忽然講什麼鬼話啊。」

我被嚇傻了，心春同學就有些害羞似的改口說：

「對不起，那換個說法好了……我呢，會希望能有一點意淫的空間。」

「感覺反而更黑暗了！」

「哎，總之我的意思就是要一口氣跳到異塵○生那種境界，還是滿困擾的啦。」

「還……還不是因為妳之前嫌棄……」

我抱怨到一半，心春同學又刻意語帶嘆息地嘀咕：

「學長，只是在開會時被駁回一項提議，下次就換到另一個極端來發言，這樣未免太膚淺嘍。」

「唔……！」

現任學生會長所說的道理讓我大受打擊。心春同學接著說：

「為什麼不找平衡點呢？問題就在那裡不是嗎，學長？」

「對、對不起。」

或許我這陣子的思考方式確實挺容易傾向極端。要注意才行。

「真是的……如果學長在學校跟女朋友天道同學或姊姊講話的比例是『1』，跟我講話就應該是『3』。你要練習抓到這樣的平衡才對。」

「……好的，我會銘記在心………………？……咦？」

奇怪，剛才我聽到的數字比例好像不太對勁……我正感到疑惑，心春同學又微微地咳嗽催我繼續說下去。

「所以嘍，我們再重來一次。Let's thinking time。」

「唔……」

我變得越來越沒有退路了。平時我身為平庸點子的化身，一旦要認真探討事情，頭腦就無法靈光運作。越是單純喜愛的事物，就越難用理論述說。

我就這樣在心裡細細地查實了一會兒……但結論是，再怎麼對沒有明確答案的問題深思也沒完沒了，於是我便把方針轉換成單純舉出自己最近玩過且覺得有趣的遊戲軟體了。

「呃，那麼《夢幻綺談Aigis》妳覺得怎麼樣？」

對於我的提議，這次心春同學難得露出有些困惑的臉色。

「……不好意思，或許是我孤陋寡聞，我好像沒聽過那款遊戲耶。能不能請學長提一下，那款遊戲裡出現過什麼樣的體位？」

「體位這個詞本身就沒有出現過啦！我講的是家用遊戲！還有，妳那顆可以用體位來搜尋遊戲的腦袋是怎麼回事！」

「偶爾玩到體位重複率高得讓人嚇一跳的情色遊戲，難免會一邊賊笑一邊想『這大概是劇本寫手或原畫家的喜好吧』……不是嗎？」

「並沒有！」

「咦？那麼，難道說用Excel記錄遊戲出現過的體位然後製作名單，也不算『情色遊戲玩家都會做的事』嗎？」

「妳為什麼會覺得那是『玩家都會做的事』啊！不過，認真到那種地步，我反而有點佩服就是了……欸，不對啦，我們現在是要推薦遊戲！」

「噢，學長說的是《夢遺豔譚Sex》對吧？」

「《夢幻綺談Aigis》啦！話說妳剛才絕對是故意講錯的吧！」

「對啊，有時候連我都覺得自己腦袋的運作速度很恐怖。」

「我也有好幾次覺得妳那顆腦袋很恐怖！總、總之，我要把話題帶回遊戲了喔。」

「可以是可以……不過我剛才也有提到就是了，那款遊戲我完全沒聽過耶。」

「啊，我想這一點也不奇怪喔。因為那款遊戲感覺上是混在去年年底的商戰發售，因而被埋沒掉了。雖然內容本身相當受肯定……不過靠玩家口耳相傳，提升的名氣還是有限。」

「原來如此。呃～那是叫什麼來著……」

心春同學邊問邊拿出智慧型手機。她照著我說的標題名稱搜尋，連上官方網站以後，看了主視覺圖像及遊戲介紹便發出「嗯嗯」的聲音。

「啊～是以現代為舞台的傳奇ＲＰＧ呢。插圖也相當合我喜好。」

「太好了。故事是校園青春類型，因此當然也包含戀愛喜劇的要素，而且戰鬥不會太難也不會太簡單，我覺得應該算設計得相當均衡的遊戲。」

「原來如此……」

心春同學目不轉睛地用手機看著官方網頁與其他介紹的報導，開始在認真研究些什麼。

看來這次似乎不會一下子就被她駁回。

我稍微找回了自信，就帶著苦笑補充：

「……哎，與其說這款遊戲是配合妳推薦的，其實只是我個人喜歡而已。」

我一說，心春同學就從手機螢幕前抬起臉龐，還用力盯著我。

「……學長個人喜歡的遊戲啊……………這樣的話……我還是有點想駁回耶……」

「咦！」

她依然隨口就是一句蠻橫的驚人之語，害得我泛淚。

可是，這次心春同學不知為何顯得有些焦慮。

「啊，不是的，我並沒有不好的意思！」

「是喔……唉，沒關係啦。所以說……妳還是要駁回這款遊戲嗎？」

「咦？啊，沒有……」

心春同學又望著手機研究了一段時間，然後抬起臉，對我提出有些奇怪的問題。

「……雨野學長，這種風格的插圖還有故事調性……是不是有點偏離我姊姊的品味？」

「咦？啊～～……」

被這麼一問，我便重新回想心春同學她姊姊……也就是星之守千秋的喜好。基本上，千秋跟我就像同一個模子刻出來的，卻把「萌」這個要素視為洪水猛獸。由這樣的她來看，《夢幻綺談Aigis》確實位在挺微妙的界線吧。千秋屬於只要遊戲有趣，多少就會對「萌」睜一隻眼閉一隻眼的類型，話雖如此，這款遊戲發售時還有出其他強作，因此她會特地玩這個的可能性極低。

我把這樣的推論告訴心春同學以後，她安安靜靜地點了頭回應：

「既然這樣……或許沒有其他遊戲軟體比這更合適了。」

「？心春同學？」

什麼意思？心春同學要我推薦遊戲，為什麼會跟她姊姊的喜好扯上關係？

我偏頭表示不解，心春同學就嘀咕：「好。」還露出了打定某種主意的表情，忽然站起來告訴我：

「所以嘍，今天的聚會就此解散！雨野學長，非常謝謝你！」

「咦？啊，不會啦，能幫到忙是我的榮幸……」

坦白講，毫無成就感。自己推薦的遊戲被人接受，肯定會感到高興才對，可是這次我卻不太有這樣的感受，總覺得有些不舒坦。

不過，目前心春同學已經開始動手收拾，準備要回家了，我也不能一直坐著。

我拿了書包起身，她就催促我：「啊，被別人看到我們在一起也挺那個的，請學長先走吧。」……儘管我又變得頗為沮喪，也只能離開房間。

「那我失陪了……」

我一邊喀啦作響地從走廊關上學生會室的門，一邊嘀咕。

心春同學就在房間裡，把手交叉到背後……莫名羞澀地朝我看了過來。

「下次我一定會答謝學長！呃，用色色的方式！」

「不必了！」

我有些生氣地回答並用力關上門，像是要阻絕心春同學嘻嘻哈哈的笑聲。

「……搞什麼啊，真受不了她。」

……老實說，這次連我這麼懦弱的人都被她那種不正經的態度稍微惹毛了。我好歹是有女朋友的人，每次聽其他女生開黃腔，都會芒刺在背似的冒出些許罪惡感，這也是一大要因……雖然這部分完全屬於我的個人因素就是了。

我朝學生會室的門大大地嘆氣。

「……不過，之前心春同學的痴女傾向有那麼嚴重嗎？真是的……」

因為我原本把她這個人想得比較正經……在某個領域更是十足感到欽佩，老實講……今天就算沒有到幻滅的地步，她的談吐還是讓我非常不敢領教。

「……回家吧……」

嘀咕過後，疲勞感似乎頓時湧了上來，但我還是偷偷摸摸地走出他校的校園，然後踏上歸途。

＊

一週過後的下課時間，我一舉化解了心裡那些疙瘩。

「咦，千秋？怎麼了嗎？妳好像滿高興的耶……」

我碰巧在走廊上遇到心春同學的姊姊……天敵星之守千秋，還發現她似乎格外開心，因此我就難得地主動向她搭話。不過……

「哎呀呀，怎麼了嗎，景太？你會對我好奇嗎？是喔是喔，這樣啊這樣啊。」

一邊賊笑一邊說出這些話的海帶頭女生立刻就讓我不爽了……從這種戲弄人的態度，確實可以感受到她們身為姊妹的共通點。

我一瞬間曾經決定不理千秋，但就算是死對頭，主動搭話以後總不該如此對待別人，想到這裡我便打消主意，改用穩重一點的方式來應對。

「是啊是啊，我會好奇。畢竟，我不太有機會看到妳那樣的笑容。」

「咦？那、那個…………是、是這樣喔…………」

「？」

千秋的聲音莫名變得越來越細。她低著頭開始嘀嘀咕咕的不知道說些什麼。難道……是

我的反應出乎意料，嚇了她一跳？被千秋用這種態度對待，我也覺得非常尷尬。

當我困擾地搔了搔腦袋以後，千秋依舊頭低低的，但還是斷斷續續地開口了。

「那、那個，前幾天，我過了生日。」

「咦，這樣喔？生、生日快樂，千秋。」

我一邊感到有些動搖，一邊道賀。

……我完全不知情。即使不至於送禮，我想我還是希望能在當天或前後一天對千秋說聲「生日快樂」……雖然她是死對頭……

千秋大概也有看出我臉上發愁，連忙用不像死對頭的態度體恤我說：

「啊，沒有關係，然後呢，我要說的是我收到了妹妹送的禮物！」

「心春同學送妳禮物？哦，她真懂事耶。」

我家雖然也有弟弟，但兄弟間實際上並不會交換禮物。我們感情倒是非常好啦……大概是身為男性親屬的關係吧，彼此並沒有養成那種習氣。

所以心春同學的行動讓我由衷佩服。我接著問道：

「啊，該不會那就是妳心情特別好的理由？」

「對呀。我收到妹妹的禮物時就已經很高興了，禮物的內容又是正合我喜好的遊戲軟體……而且呢，她送的遊戲恰好跟我會關注的範圍擦線而過，所以我自己並沒有買！」

「咦？」

聽到千秋這樣說，我心裡頓時想起一週前放學後的情景。

莫非……

我一邊感覺到心跳稍微加速，一邊問千秋：

「呃，那款遊戲的名稱是……」

千秋毫無顧慮笑著回答我的問題。

「告訴你喔，那款遊戲叫《夢幻綺談Aigis》！好玩中的好玩！」

「…………」

我不禁從走廊看向窗外……看向碧陽學園所在的方位。

千秋連我愣住的模樣都沒有察覺，就滔滔不絕地談起那款遊戲的魅力。

「我跟你說我跟你說，其實在看到遊戲概要時，我覺得好像混了一點賣萌的要素在裡面，忍不住就避坑了！可是呢可是呢……藉著心春送我當禮物的這次機會，我玩過才發現那實在是做得很棒的遊戲！戀愛部分也呈現得清新討喜，完全在我的容許範圍之內，更重要的是戰鬥和成長系統簡直太出色了！」

「…………」

我一邊聽千秋略顯興奮地說這些話，一邊回想心春同學在上週的態度舉止。

「（要我推薦遊戲軟體給愛玩情色遊戲的她……卻又不能太刻意遷就她的喜好嗎？）」

種種不對勁的感覺終於開始得到化解。

太刻意賣萌的作品不行。話雖如此，屬於硬派性質……感覺千秋早就玩過的作品也不行。可是我光因為喜歡就挑的作品……和千秋屬於同類的我幾乎光憑喜好而挑上的作品，卻輕易地過了心春同學那一關。

平時應該會讓人覺得有異的判定標準。可是正因如此，那時候心春同學才會……

「（難怪她會亂開黃腔到過火的地步，就為了分散我的心思。）」

我忍不住發出感嘆。然後，我立刻反省。

隔了一週才想到真相是這樣，我這個人實在太沒用了。

「（不過，既然如此，只要她從一開始就老實告訴我是要討論送姊姊的禮物……）」

……………不，那樣不行。畢竟我跟千秋平時就公然稱彼此為天敵……更重要的是，就算實際拿這個主題找我討論……比起「自己由衷喜歡的東西」，我想我更可能舉出「送千秋不會出差錯的東西」……深深感受到自己真是個小家子氣的男人。

當我不禁握住拳頭時，千秋就帶著純真的笑容繼續告訴我：

「不過，最讓我高興的是……我妹妹送禮好有心意，會挑符合姊姊喜好的遊戲！對我來說，簡直是喜上加喜！」

「……這樣啊。」

我難得對千秋溫和地笑了。千秋也節制平時那種對我格外帶刺的態度，開朗地繼續說：

「啊，對了對了，景太，你聽過那款叫《夢幻綺談Aigis》的遊戲嗎！」

「唔～～……」

我思索一會兒以後……搖了搖頭。

「沒有，我不曉得耶。那款遊戲好玩喔？」

「是啊！我大力推薦喔！」

「哦，那麼，要感謝送妳那款遊戲的心春同學才行嘍。」

「當然了！她真是讓我驕傲的妹妹！」

「……就是說啊。」

我也打從心裡如此認為。肯為姊姊做這麼多的妹妹，到底要到哪裡找啊？

還有……儘管我不願承認，不過當妹妹的肯付出這麼多，這傢伙肯定也是個好姊姊吧。

看著千秋自豪的笑容，感覺連自己都跟著幸福了。

不過，與此同時……

「（……糟糕。這樣一來，之前認定心春同學是痴女，還對她不耐煩的我，忽然就變得好悲哀了耶……）」

一週前那個待在碧陽學園的臭傢伙是怎樣？只不過變得稍微敢跟其他人正常講話，就得意忘形了。真是的，要瞧不起別人，還早了三億年啦！

當我自己陷入沮喪時，看似突然想到了什麼的千秋發出「啊」的一聲，然後有了動作。

「我正要換教室上課。那麼景太，我們放學後在同好會再見！」

「咦？喔，好啊。晚點見。」

千秋揮揮手以後碎步跑走了，我朝她的背影望了一陣子。

等千秋從視野消失在走廊的轉角，我便大口嘆息。

「……好。」

躊躇片刻之後，我決定還是要向心春同學說聲抱歉。雖然我並沒有對她惡言相向，不過關於擅自將「痴女」標記烙印在她身上這件事，我沒辦法原諒自己。畢竟……她真的是個好妹妹。

儘管我有些猶豫……像這種時候就別用簡訊軟體好了，我開了電子信箱，將真摯的想法寫進郵件中。

〈主旨：對不起〉

〈本文：心春同學，上週對妳不禮貌，真的非常抱歉。我今天重新體認到，其實妳果然是個值得尊敬的——〉

輸入到這裡時，反而有郵件寄過來了。一看系統訊息，恰好是心春同學寄來的。

我決定把自己寫到一半的郵件打住，先確認她寄來的郵件。

〈主旨：這個好色喔〉

〈本文：我在校舍後面發現的。學長，你對這有什麼看法？〉

我直接捲動本文，隨信貼上的圖片就出現了……

〈附件圖片：有個樹洞被另一棵樹長出來的粗大樹枝穿進去的高解析度照片〉

「…………」

…………

……我淡然地刪了那封郵件，然後把自己剛才寫的郵件也一併取消掉。相對地，我另外寫了一封簡潔的郵件寄出去。

〈主旨：閉嘴〉

〈本文：痴女〉

「…………呼。」

我從窗口仰望秋天的天空，並且嘆氣。

……不管那名人物是個「好妹妹」，還是「美少女」，還是成績優秀，還是才華洋溢的創作者，還是聲望雄厚的超傑出學生會長……

——即使如此，撇開那些不談，偶爾好像也會有單從某一個要素來看就足以瞧不起對方的案例。

剛開始學習為人處世的男生，雨野景太（十七歲），在這次學到了極為沒營養的……所謂「人的多面性」。

✖雨野景太與中立路線

人會遇到即使沒有正確選項，也非得做一個選擇的時刻。

所有人都能幸福的美事根本不存在，無情而不可逆的選擇。

那會讓個人價值觀受到近乎殘忍的考驗。

而且，它總是來得突然，完全不顧我們有沒有心理準備。

九月某日的放學後。

在某間家庭餐廳的一角，有著用認真眼神相望的男女身影。

「不行…………我還做不出這樣的選擇……」

過於苛刻的選擇擺在眼前，使得男方……就是我，雨野景太，忍不住從沉重的壓力中轉開視線。

坐在面前的女方——星之守千秋卻似乎不肯讓我逃，還用雙手包住我的手，眼神真摯地向我訴說：

「請你做選擇，景太。我……我已經不能等了！」

「千秋……可是，可是我……」

她懷著依賴般的情感，但我當然沒有正面承受的器量……只得低下頭。

……這樣下去不會有進展。明明我曉得這樣對任何人都沒有幫助……卻還是做不出選擇。我打從心底恨自己的優柔寡斷。

千秋更加用力地握住我的手。如今她的手已經變得濕濕的了。

「我知道這是在逼你做難受的決定，也知道自己說的話很自私。可是……可是，我已經不曉得自己該怎麼辦了……」

「要這麼說的話……我也一樣啊。」

「對不起。不過只要是你選的……無論是什麼樣的答案，我想我都可以坦然接受……所以嘍，景太……」

「千秋……」

目光熱情相接。雙方的呼吸都變得急促。

我一度用力閉上眼睛……然後改為主動，將千秋的手緊緊地重新握住。

就這樣——我終於告訴她……面對沒有正確解答的殘忍選項，我把自己所選的答案告訴她了。

「我想——我在這款《歪神轉生》的最新系列作當中，還是打算選中立路線……」

我帶著曖昧的笑容如此回答。

千秋頓時放開我的手，好似隨時都要吐口水地開始臭罵：

「好啦，最無聊的答覆來了！中立！拖到現在，你還選中立！景太，缺乏冒險精神到這種地步，還真是教人佩服耶！」

「怎、怎樣啦！是妳說『想參考我的意見來選攻略路線』，我才在只玩過開頭的階段勉強講出自己的打算啊！結、結果妳卻嫌我無聊……！」

找我討論的人態度實在太任性，讓我氣得聲音發抖。於是，千秋一鼓作氣地喝光剩下的可爾必思蘇打，還用醉鬼纏人似的狐疑目光瞪過來。

「不會啊～～我並沒有否定中立路線本身喔。再說我目前也打算選中立路線。」

「那妳根本就是同類啊！」

「所以我才說無聊嘛。現在還要聽你談中立路線的魅力……想了就反胃。」

「別反胃！自己來找我討論就不要反胃！妳到底會不會做人啊！」

「我、我會反胃的對象，始終只有你啊！」

「感謝妳給我的特別待遇，再見！」

「好啦好啦，不要這麼說嘛，景太。請你再當一下我的討論對象（沙包）。」

「妳剛才是不是亂標註記小字！嘴上叫我『討論對象』，心裡卻有不一樣的註記吧！我真的要走了！」

「反正你回家也只會玩遊戲吧，景太。」

「可是我覺得回家玩遊戲，還比現在這種當沙包的狀況有意義一百萬倍！」

我一面用全力吐槽一面也覺得累了，就疲軟地靠在沙發上。眼前的千秋正莫名開心地用吸管喝著飲料。

其實……和身為天敵的千秋兩個人跑來家庭餐廳奢侈一下，原本是我完全無法想像的舉動。然而這次我之所以會答應，全是因為這個女的用嚴肅口吻告訴我：「我有事情想誠心誠意地跟你討論……」

我並沒有打從心裡討厭千秋。不對，討厭是討厭啦……該怎麼說呢……對喔，我想到了。想像成哆啦Ａ夢裡的大雄與胖虎，或者動畫版寶○夢裡小智與火箭隊的關係會比較好理解。儘管平時處於敵對，然而出事時是不會吝於聯手的。

所以嘍，身為電玩痴的我為了宿敵千秋著想，就不惜含淚削減自己玩遊戲的時間來參加這場討論。議題揭曉以後，我才發現……

「關於ＲＰＧ作品《歪神轉生》的某個選項」。

她要談的是這個。

坦白講，我當時有一瞬間覺得「搞什麼鬼」而感到乏力……

不過，仔細思考以後，我想通了……對我們這些「電玩愛好者」來說，這也是頗為重要的議題。

在此先簡單說明一下《歪神轉生》系列的概要好了。

這款作品也是所謂的「ＲＰＧ」之一。對電玩不熟的人只要稍微想像勇者鬥惡龍或ＦＦ的內容就八九不離十了。

只不過，歪神轉生有眾多能與別款ＲＰＧ區別的「特色」。

其中尤具代表性的，當屬「世界觀」及「劇情」才對。

一般的ＲＰＧ，大多是以中世紀歐風奇幻世界為主要舞台的勸善懲惡劇。

反觀《歪神轉生》這個系列，則大多以現代日本（東京）作為故事開始的起點。而且，它是在「惡魔」這種超常之物橫行於世的末日情景下，敘述主角拚死求生過程的作品。

由於作品性質如此，劇情當然就不會是單純明快的勸善懲惡。

基本上，主角被賦予的力量並不是什麼「斬斷黑暗的光明勇者之力！」，從可以「差遣惡魔」這部分來看，就已經扭曲到極點了。

為了在惡魔橫行霸道的世界求生存，就要反過來利用惡魔的力量。如此矛盾的情景……

《寶可○》或《妖怪○錶》應該都有講過大致上一模一樣的道理，遊戲系統差不多也是那種調性……但還是給人黑暗且深沉的感覺。

總之，在如此率領惡魔不斷冒險及戰鬥的過程中，跟大多數RPG一樣，主角會累積實力，在世界上的存在感也會漸增。

不過這樣一來，以混亂的人界為舞台，搶地盤搶得正凶的「天使」、「人類軍隊」、「高階惡魔」各方勢力就會看上主角，展開拉攏他到己方陣營的激烈競爭。

啊，還有正常來想，會覺得站到「天使」那一邊比較像正確答案，實際上祂們也有用光明正大的正義為號召。不過要提到在這個系列之中，天使所主張的正義……

也會有這種讓人感到「……嗯？」的圈套存在，因此要小心。

「人類就由我們正正當當地『徹底管理』並予以引導吧。」

另外選了人類陣營，也會出現「將惡魔及天使的力量巧妙運用在軍事方面，藉此對他國取得優勢……」這種露骨的企圖，同樣小看不得。

於是這樣一來，惡魔陣營的「讓世界變成憑個體武力才有權說話吧！呀哈！」這種單純粗暴的主張，看起來就不可思議地有一絲絲說不出的可愛與美好了。

儘管各方陣營的名稱及立場在每部作品或多或少都會有變動，不過最根本的主張及核心命題本身，幾乎是橫貫全系列都一致。

善與惡；秩序與混沌。

夾在那些價值觀之間的主角，將被逼著決定要認同哪一套思想。

這正是歪神轉生這個系列的「核心」內容。

……說明到這裡，我想差不多可以看出端倪了。

實不相瞞，這次千秋來找我討論的正是關於這一環。

「（要說的話，歪神轉生的這個特色，對玩家而言往往是造成苦惱的部分啦……）」

假如這單純是文字冒險中的選項，在看完其中一邊的劇情發展以後，要從記錄的地方重玩，再看另一邊的劇情發展也很容易就是了。

然而歪神轉生到底屬於較扎實的「ＲＰＧ」，不是光看故事就好，遊戲裡還包含戰鬥及冒險等要素。換句話說，即使要重玩也得花上相當的工夫及時間。

而且正因如此，這項選擇對玩家來說也是「沉重」的。無法輕易重來，卻會讓路途出現決定性區隔的抉擇。

所以嘍，雖說只是區區的電玩遊戲，單以本作來說，千秋這種格外嚴肅的態度還是可以讓我感同身受……然而，正因為這樣，我在猶豫到最後才做出的「中立」結論沒道理被她批評得那麼不值。

夕陽照進家庭餐廳之中，我一口喝完溫溫的咖啡歐蕾，然後「砰」一聲將杯子用力擱下

並說道：

「要說的話，中立路線並不屬於秩序或混沌，算是走在第三條路……也就是兩種思想中間的選擇。不過，那儼然也是一種選項吧？」

「當然了。我對此也沒有意見。」

「不然妳是對什麼有意見啦？」

「平凡的你選了就像你會玩的中立路線，這種路人風範讓我有意見。」

「我看妳只是嫌棄我吧！」

「才沒有那種事！假如你在秩序或混沌當中……明確地選了其中一邊，我臭罵的力道就會減一成！」

「結果我還不是會被臭罵一頓！這個討論活動對我來說根本是陷阱！」

「哼哼，就算對你來說只會吃虧，只要我能有利益就行了！不管是雙贏或有贏有輸的關係，反正只要能讓自己站在贏的那一方，就沒有任何問題！」

「如假包換的人渣！」

別說死對頭，這傢伙簡直是世界公敵了吧？

千秋好像也發現自己講得太過火，就咳了一聲重新帶話題。

「總、總之，這次我想說的就只有一點……景太，你好無趣耶。」

「什麼總結啊！夠了，我真的要回家了喔！」

千秋用陰險手段欺負天敵，我沒有理由繼續奉陪。我抓起書包，氣沖沖地當場起身——

「啊……唔……不是的……呃……那個……景太……呃……我…………」

——霎時間，千秋眼裡冒出動搖及後悔之色，視線游移。

「…………」

看見她那樣，到頭來，我又坐回了沙發上。儘管我氣悶地托著腮幫子，卻還是坐著沒離開。千秋愣愣地問：

「呃……景太，你現在是……？」

「……沒事啦。我們繼續聊吧，千秋。」

「咦？好、好啊，是可以啦……」

雖然千秋態度畏畏縮縮，還是稍微安心似的露出了微笑。

「（……真是的。）」

我忍不住大大地吐氣。

「（……碰到這麼不擅於跟別人溝通的人……我……溝通能力差不多低落的我，怎麼可能丟下她離開嘛……）」

說真的，星之守千秋這個人就是這樣才讓我火大。對我來說，她是從各方面來說都無法忽視的存在。正因如此才讓我煩躁，正因如此才會吵架，正因如此……才比任何人都了解得更深。

我一語不發，千秋就好像稍微反省了，改用較為軟化的態度說：

「那、那個……我自己是出於滿消極的理由才打算選中立路線……呃，所以我會希望聽別人談『自己是因為這種理由才非選這條劇情線不可！』，該怎麼說呢，就是比較『強烈偏頗』的主張……」

「啊……我好像懂妳的心情。像電玩、電影或書籍的評論，與其給平均分數，大力稱讚或狠狠批評的內容還比較有看頭嘛。」

「是呀是呀。」

「不過……既然如此，對於骨子裡就是個路人的我來說就太苛求了。」

「哎……坦白講，我也有你十之八九會選『中立路線』的預感就是了。不過你想那樣選就那樣選啊，也許你還是可以憑自己的『本色』，找到能熱情辯護的切入點……」

「……啊～……」

我茫然感嘆……的確，平時我就算那樣做也不奇怪。可是這次……

「（啊，對喔。雖然不甘心，但這次千秋說得對。或許……目前我就是抱著「不出差錯就好」的看法，才打算選擇「中立路線」。）」

遊戲進度還在開頭，會這樣想也無可厚非就是了。

問題在於，我自己沒有認明「根據信念而選擇中立路線」以及「只求不出差錯而選擇中立路線」這兩者的差別。

「（像這種連自己都不懂自身信念的毛病……真的從胡亂拒絕電玩社邀請的那個時候開始就一點都沒有改變。唉，我好糟糕。）」

我忍不住深深嘆氣。於是，千秋就看似不知道在慌什麼地幫忙打圓場了。

「總、總之呢，景太，跟其他人相比，我還是希望能先問你的意見！是的！……啊、啊哇哇，我在說什麼……！」

千秋莫名忸怩地低頭。乍看下像是「對心上人感到害羞的少女」……不過正常來想，大概只是遲就天敵這樣的行為讓她無地自處吧。

我朝她露出微笑。

「很高興聽妳這樣說就是了。」

「你、你覺得高興嗎！景太！」

「唔喔！」

千秋忽然撐著桌子用前傾的姿勢站起來。搞、搞不懂她這是什麼意思。當我心生動搖而呆住的時候，她才像回神過來一樣臉紅，然後匆匆坐回原本的位置。

「對、對不起。呃，我忍不住……忍不住就羞上心頭了。」

「那是在妳們姊妹間流行的說詞還什麼來著的嗎？妳講的『羞上心頭』……」

印象中以前也有聽心春同學講過相同的用詞，我便這樣問千秋，沒想到她一副覺得不可思議的樣子搖了頭。

「咦？沒有啊，並不是那樣的……呃，景太，心春也有在你面前羞上心頭過嗎？」

「唔？對啦，雖然我不太清楚狀況，好像是這樣沒錯。」

結果那次我就被心春同學揍了。然後，這次當姊姊的則是做出拍桌子的輕微恫嚇行為……我真的不懂這對姊妹的「羞上心頭」是什麼意思。

這時候，千秋卻莫名其妙地微微嘟嘴。

「哦～～……是喔？景太，你有讓心春羞上心頭過啊……哦～～」

「？」

這、這傢伙是怎麼了？忽然變得不高興。用正常方式解讀的話，好像是嫉妒我碰過心春同學疑似在害羞的場面……

「（呃，可是這對姊妹不算正常耶。）」

我立刻將「自以為跟輕小說主角一樣萬人迷」的壞習慣打住。像這種自我意識過剩的毛病，真的要不得！御宅族就是這樣！受不了！

實際上，這對姊妹所講的「羞上心頭」，似乎包含了「火上心頭」的調調。所以從現在的情況來看……千秋大概誤以為我做過什麼不禮貌的事而惹她妹妹發火，才會生我的氣吧。肯定是這樣沒錯。

「（……受不了。擅自用奇怪的偏見來解讀別人情緒的傢伙，真的很令人困擾耶！）」

像我可以精確看出別人的心思，就會覺得千秋駑鈍成這樣應該被鄙視，算啦，這次放她一馬好了。就這樣吧。我好有長進耶。

我秉持著寬大心胸，對千秋的無禮不予追究並轉換話題。

「我有個根本上的疑問。要討論歪神轉生也是可以啦……話雖如此，我們兩個有必要專程跑來家庭餐廳談這件事嗎？」

「什、什麼意思？」

「沒有啦，只是聊電玩的話，地點也可以選在學校或者用郵件講一講就夠了吧……」

對於我理所當然的疑問，千秋卻看似非常不高興地鼓起腮幫子。

「……明明你跟亞玖璃同學就常來家庭餐廳……」

「亞玖璃同學？呃，那是因為她——」

「因為她怎樣？」

「…………」

被人這麼一問，令我訝異的是自己不可思議地語塞了。

「（咦？因為亞玖璃同學……怎樣？和她在家庭餐廳碰面，對我來說是十分自然的事情，應該說合情合理——）」

我心裡是這麼認為……一旦要找具體的理由，卻想不出任何踏實的說詞。奇怪了。這樣顯然有問題。

「…………」

……不行，我理不出頭緒，這一點先保留好了。問題在於這次的千秋。

亞玖璃同學並不是我的女朋友，既然跟她這樣的「同好會成員」在家庭餐廳聊天對我來說是「很自然」的事，那麼跟一樣是「同好會成員」的千秋來這裡聊天，確實也沒有什麼好奇怪的才對。沒有錯。

儘管有種微妙的差異感，我還是決定根據事理，勉強認同現在的狀況。

「哎……妳要找我來家庭餐廳，也是可以啦。」

「是、是喔？那、那太好了。」

「？」

問題明明是千秋自己提出來的，她卻害羞似的退縮了。這傢伙是怎樣？

我吐了一口氣，重新帶話題。

「所以呢，千秋，結果妳打算怎麼樣？關於歪神轉生。」

「唔～～……………我、我再考慮一下。因為離最後選擇還有緩衝時間。」

「……妳還是跟我一樣，也有優柔寡斷的毛病耶，千秋。」

「囉、囉嗦！玩、玩個遊戲而已嘛，讓我好好猶豫一下有什麼關係！又不會給別人添麻煩！」

「話是沒錯……啊，說到這裡我想起來了，上原同學告白那件事怎麼樣啦？」

「咦？啊，那……那件事嗎？呃……」

千秋露骨地轉開目光……果然，她似乎還是什麼動作也沒有。

我傻眼似的嘆氣。

「雖然我這個人不夠格對別人的感情事出意見……可是，我想最起碼也不該擱著不管吧，以做人處世來講。」

「我、我曉得啊！曉得是曉得……」

千秋一下子變得消沉。唉……我也能理解她的心情。

「要是我在妳的立場，我大概也一樣沒辦法有所作為吧。」

「你、你在我的立場也會一樣嗎？…………唔。景太……跟上原同學……」

「喂，妳剛才有用上原同學跟我胡思亂想對吧！」

「你、你怎麼曉得！景太，你是超能力者對不對！」

「一般都看得出來啦！受不了，姊妹倆都一個樣……」

我語帶嘆息地嘀咕，千秋就呆呆地回了我一句。

「姊妹倆……都一個樣？這跟心春完全沒關係啊。」

「咦？啊，沒有啦……」

我一慌就忍不住拿杯子就口，可是剛才就喝光了，因此裡面是空的。

千秋狐疑地默默盯著我……唔……

「（對喔。千秋並不曉得，心春同學是個妄想力強大的情色遊戲迷……）」

是我疏忽了。最近圍繞在身邊的資訊變動太大，感覺腦袋並沒有跟上。

我拿著杯子起身以後，為了把剛才那句發言蒙混過去，就向千秋搭話：

「呃，我要去續杯。」

「啊，那我也一起去拿飲料——」

隨後，我伸手制止就要站起來的千秋，還極為自然地拿了她的杯子。

「不用啦，千秋同學，我會連妳的份一起拿回來。」

「千秋同學？」

「啊。」

糟糕，這次換成在家庭餐廳已經習以為常的「亞玖璃同學對待法」冒出來了。

我帶著苦笑解釋其中緣由。

「抱歉抱歉，這是我跟亞玖璃同學相處時的習慣，不小心就……」

「這、這樣喔。你都會幫她…………算了，無所謂……」

儘管千秋莫名其妙地微微噘嘴，卻還是準備站起來。

這時候，我看到她的腿稍微擦撞到桌子，就當場採取動作跪下來了！

「沒事吧，千秋同學！您的玉腿有沒有受傷！」

「玉腿？」

「啊！糟糕，我一不小心又犯了毛病，把對待亞玖璃同學那一套浪費在妳身上……！」

「不對吧，景太，你的『亞玖璃同學對待法』有問題耶！說真的，亞玖璃同學對你來說算什麼啊？」

「咦，她是我信仰的對象啊。」

「哎呀，我聽到荒謬絕倫的回答了。」

千秋不敢領教，我則站起來把腰伸直。

「嘿咻。總之呢，剛才我白跪了。」

「你、你那是什麼語氣？雖然說，我確實一點也沒有受傷……」

我聽了千秋說的話……頓時對她露骨地惡言相向。

「呿，受不了，像妳這種海帶就不要撞到腿啦，懂不懂？會對店家造成困擾吧。還有，既然飲料沒了，妳就喝鹽水啊，反正妳屬於海藻類。」

「反過來看，你對待我的方式也離譜到不行耶！老實說，我都快飆淚了！」

「抱歉抱歉，千秋。不過妳想嘛，做人要取得平衡比較好。」

「要取得平衡的話，請你節制對亞玖璃同學的過度優待！為什麼要用對我極度刻薄的方式來調整！」

「……呃，因為妳是海藻類嘛。」

「哎呀，我剛才頭一次認真地冒出『想捅人』的念頭。」

千秋沒有說她「想殺人」，感覺著實恐怖。

我吐了一口氣，然後又重新帶話題。

「好啦，千秋，瞎鬧到此為止。妳坐著，我順便幫妳拿飲料回來。想喝什麼？」

「咦？那、那麼，我要柳橙汁……」

「了解。」

我應聲以後，就熟手熟腳地走去飲料吧，弄了要喝的飲料回來。

等我回到座位，千秋用雙手接住她那杯果汁，還對我輕輕點頭致意。

「謝、謝謝……」

「不客氣。」

我們倆各自喝起飲料。

「「…………」」

悠然安寧的時光。一回神……我們倆不約而同地嘻嘻笑了出來。

「怎、怎麼搞的啊，沒跟妳吵架，而是用正常方式相處，感覺就怪怪的耶。」

「對呀對呀。呃，不、不過……」

「嗯……這樣子，好像也不壞。」

「是、是啊。感覺不壞吧！」

……隨後，我們忽然目光相接，便不由得尷尬地轉開眼睛。

我清了清嗓，然後開口：

「對了，千、千秋，說到這次的歪神轉生……」

「嗯，怎、怎麼樣呢，景太！」

於是我們就這樣興高采烈地聊遊戲聊了約一小時以後。

實屬難得的是，我跟千秋便帶著笑容互相揮手，就此解散了。

＊

「雨野同學，接下來，你要不要跟我一起參加電玩社的活動？」

「……咦？」

跟千秋在家庭餐廳聊過的隔天放學後，我的女朋友忽然這樣邀我。

開完班會的二年F班教室。因為電玩同好會沒有活動，我原本正悠哉地準備回家，突然間，金髮美少女就凜然地出現在我面前。

F班的同學們頓時倒抽一口氣……即使我現在跟天道同學有交往關係，這種奇妙的緊張感依舊不變。無論經過多久，天道花憐的過人風采仍然一點都無法融入F班的日常景象。

然而，當事人卻似乎毫不在意，還笑咪咪地繼續說：

「今天又沒有同好會的活動，你有時間吧，雨野同學？」

「咦？啊，是的，時間嘛……呃……」

我畏畏縮縮地答話，卻還是講到一半就卡住……而且胃袋越縮越緊，額頭猛冒汗。

「（唔……？）」

我不禁先把目光從天道同學身上轉開。

……儘管我最近有點得意忘形，但就算交到了漂亮的女朋友，到頭來我似乎還是我……

內向怕生又懦弱的雨野景太。

「忽然受邀到距離微妙的團體」，不禁使我倍感心慌。

這完全是我的想像，但我覺得情況類似被不好應付的上司邀去喝酒。儘管明白對方是出於善意，卻絲毫不覺得自己能玩得開懷……話雖如此，又不好隨便拒絕。

當我想巧妙推託而全力運轉腦袋時，上原同學大概是不忍心看我這樣，就從教室中央的現充團體過來我們這裡。

「嗨，天道。怎麼啦，突然來我們班上？」

「你好，上原同學，不過沒想到會被說成突然。至少，之前我應該找你商量過，我有意再次邀雨野同學入社才對……」

「咦，是喔？」

頭一次聽說耶。我看向上原同學，他便搔了搔頭回答：

「哎，對啦，確實有談過這麼回事。可是那已經……」

上原同學說到這裡，就忽然像察覺了什麼似的嘀咕：「這樣啊。」

當我完全聽不出個所以然時，天道同學便帶著笑容回答：「就是這樣喔。」

「…………」

咦，這是怎樣？感覺只有他們兩個心意互通。還有……這種心裡好有疙瘩的感覺……是怎麼回事?難道說,我是在嫉妒?就憑我雨野景太?

當我心裡百感交集而自己沮喪起來時,天道同學又繼續說:

「亞玖璃同學跟雨野同學那件事姑且有個了結的同時,我也莫名其妙地把邀他入社的事當成告一段落了。不過,昨天被新那學姊問到:『邀雨野景太入社的事怎麼樣了?』我才猛然想起來。」

「的確,妳那件事情都還沒有跟雨野好好說清楚。」

「就是啊。我居然這麼大意。」

「……………」

俊男美女有說有笑,中間還有個矮冬瓜悶悶不樂地旁觀。那就是我。

天道同學這時才總算把目光轉回我身上,並重新開口邀請。

「就因為這樣,雨野同學,你要不要再來電玩社參觀一次?」

「妳說的因為這樣……是因為哪樣啊?」

我有點像在鬧脾氣地回話。

天道同學看似有些傷腦筋地嘀咕:「因為……」接著……她好像就紅著臉悄悄往上瞟了我這邊。

「……呃……雨野同學,因為我希望能多跟你在一起……」

「那我們走吧，天道同學！」

我頓時拿了書包，並且英氣十足地起身拿定主意。

上原同學看到我這樣，就傻眼地嘀咕：

「我偶爾會覺得，其實你是個ＭＡＮ到不行的傢伙……」

「哎呀，弱小電玩同好會的人，你還在啊？」

「我收回剛才那句話。你簡直是最差勁的人渣。」

「『天道同學真可愛』。世上沒有比這更重要的事情了吧。」

「你的性格果然走樣得很嚴重耶！我們上次還做了反省，感覺活像傻子！」

「反省？」

上原同學在講什麼啊？雖然我不太清楚，反正那些目前都不重要吧。

我轉向天道同學，然後明確地重新回答她：

「天道同學，妳的心意太令人高興了。因此，我很樂意過去參觀。」

「是嗎？太好了！那我們立刻走吧，雨野同學！」

天道同學頓時露出滿面笑容往前走。我也跟著她走……結果，上原同學似乎只打算叫住我，就戳了戳我的肩膀。

我回頭想知道有什麼事，就發現……他從剛才的嬉鬧態度搖身一變，一臉嚴肅的神情對

我說：

「…………你是在勉強自己吧？」

「…………」

我不由得停下來。上原同學由衷擔心似的望著我。

「一看就知道，你是想靠搞笑來撐場面啦……欸，雨野，要不然我幫你跟天道說——」

他說到這裡，我就搖頭制止了。

「上原同學，你人真好耶。不過沒問題的，就讓我勉強吧。畢竟……我好歹也是天道同學的『男朋友』啊。」

我說完便回以微笑……上原同學就傻眼地大大吐氣。

「受不了。你果然亂有男子氣概的。」

「唔，我想『亂有』是多餘的啦……嗯，不過謝謝你，上原同學。我要走嘍！」

「好啦，雨野，你去吧！」

上原同學「啪」地用力拍了我的背，送我上路。

我從中得到了莫大的勇氣，便趕緊追向天道同學。

……不知不覺中，胃痛已經完全好了。

＊

電玩社的社辦位在從主校舍走過穿廊以後，將舊校舍改裝落成的靜態社團大樓三樓。

我一邊跟著天道同學爬上樓梯，一邊緊緊地揪住制服胸口。

「（不要緊，鎮定下來，鎮定下來……應該不會遇到壞事……）」

基本上，有天道同學和三角同學這些性子已經摸熟的人在，就保證會受到一定程度的歡迎才對。何況加瀨學長或大磯學姊要是真的討厭我，那他們從一開始就會阻止天道同學吧。

所以連我自己也曉得，是我自己把事情想像得太糟才會緊張過頭……可是我對這一點實在莫可奈何。

「雨野同學。」

「？」

這時候，我突然被走在前面的天道同學叫住，便抬起目光。於是，我差點看見她短裙下的春光，就急忙轉開視線。

「（呃，之前我也在類似狀況下，採取了類似的反應耶……）」

明明我現在是天道同學的男朋友，跟之前有差異，態度卻一成不變行嗎？能平心靜氣地從底下望著女朋友的短裙，才稱得上有男子氣概的男朋友吧——

「你不必客氣喔。」

「被妳這樣說，我反而覺得不行啦！」

——得到超乎想像的允許，我倒變得不敢看裙子了。

「總覺得妳這樣的發言，反而比心春同學更接近十八禁耶，天道同學。」

「抱歉，雨野同學，雖然我完全聽不懂你的意思，總之你正在心慌這一點已經充分表達出來了。不過，總之呢，你在電玩社是不必客氣的。」

「妳、妳要我在電玩社眾人的面前，也大大方方地看妳的底褲嗎！」

「雨野同學，你從剛才到底都在說些什麼啊！」

儘管我們的對話似乎有所齟齬，從某方面來說卻也像老樣子。我和天道同學彼此笑了笑，然後走過三樓的走廊。於是乎，在我們總算來到電玩社社辦前面時……天道同學就帶著笑容回頭朝我問道：

「那麼，你準備好了嗎，雨野同學？」

「準、準準準準準備好了……放、放放放馬……過過過過來來……」

「講話內容和心境偏離這麼多的狀況，我第一次遇到耶。你、你還好吧，雨野同學？」

天道同學擔心似的探頭看了過來……老實說，我一點都不好。胃痛的毛病是好了，不過要我在這種情況下完全不緊張，那就是強人所難。像上次那樣一無所知地懷有期待，或許還

比較像話一些。

……不過——

「…………好了，我沒事的，天道同學。」

我設法壓抑軟弱的自己，然後對天道同學回以微笑。

她看似有些意外地凝視著這樣的我，接著悄悄地握了我的手。

「…………」

以前的我，應該會對這樣的情景慌得猛流汗。然而不可思議的是……我現在卻被深深的安心感包覆住了。

不曉得我們就這樣過了多久，完全恢復平時本色的我對天道同學點頭。她同樣對我點頭，並悄悄地放開我的手。

「那我們進去吧，雨野同學。」

「好的，天道同學。」

天道同學聽了我的回答，推開電玩社的門。接著，她有些淘氣地笑著模仿上次我來體驗入社時那樣說了：

「歡迎來到電玩社！」

跟上次一樣，我因為逆光而瞇起眼睛……不過與上次有別的是，這次我腳步穩健地走進社辦。

在天道同學關門的同時，適應光亮的眼睛便能看見室內景象了。社辦裡堆滿數量驚人的電玩主機與螢幕，卻因為巧妙的線材配置而顯得整整齊齊。

房裡的景象，跟我這種……從主機取出遊戲片以後，會泰然地將片子收進別款遊戲包裝盒的人一比，依舊強太多了。連社辦本身都有呈現出誠心誠意面對電玩的態度。

在這樣的社辦裡……加瀨岳人學長、大磯新那學姊、三角瑛一同學這三個玩家早就已經預備好了。

我想起上次的事情，便吞了口水……實際上，這裡可是認真到連體育社團都會相形失色的社團。在此燃燒青春的他們……根本沒道理招待一度拒絕入社的遜咖玩家來這裡遊賞。

即使如此，我還是當著天道同學的面下定決心，勇於承受他們那種排外的目光——

「「歡迎來到電玩社。」」

「……咦？」

——結果，我受到意外溫和的語氣歡迎，忍不住就發出鬆口氣的聲音。重新定睛一看……我才發現電玩社眾人與事前的想像呈對比，都和顏悅色地望著我。

「（奇怪……？）」

情況跟上次差別太大，使我感到心慌。

呃，先不提跟我是朋友的三角同學……連加瀨學長與大磯學姊都停下玩遊戲的手對我微笑，只能說出乎意料。

當我呆住的時候，天道同學就語帶苦笑地幫忙解釋。

「雨野同學，不要覺得噁心喔。別看學長學姊那樣，他們都相當努力在示好呢。」

「「喂，天道。」」

加瀨學長和大磯學姊頓時惡狠狠地瞪向天道同學。當她縮起肩膀時，就換成三角同學笑咪咪地對我開口：

「天道同學說得對喔，雨野同學，學長學姊他們多少都有在為你著想。哎，你別放在心上。好啦，坐坐坐。」

「啊，好的。謝謝你，三角同學。」

我被三角同學催著在門口旁的椅子坐下。然後，今天天道同學也坐到我旁邊。左邊有三角同學，右邊有天道同學，排成這樣讓我心情鎮定多了。連我都覺得自己是個單純的男人。

我在安心之餘差點直接跟他們倆閒話家常起來，不過加瀨學長咳了一聲，天道同學似乎便趁機帶動話題。

「雨野同學，我有簡單說明過，今天之所以帶你來這裡，並不只是因為我想盡可能與你相處多一秒的關係。啊，想跟你在一起的心意當然也是真的，事實上我現在就覺得幸福得不得了。」

「這我也一樣啊，天道同學。能和妳在放學後像這樣見面的時間，對現在的我來說是多麼地寶貴！」

「雨野同學……」

「天道同學……」

「「……咳！」」

當我跟天道同學熱情地目光相接時，就被另外三個人莫名其妙地刻意咳嗽打擾了。儘管我們對兩人時光感到惋惜，也只好繼續往下談。

「總之呢，今天跟上次一樣，用意在於讓你參觀及體驗社團活動喔。」

「呃……換句話說，就是再次觀摩電玩社的活動，然後要我考慮加入社團的意思吧？」

「是這樣沒錯。」

「我懂妳的意思了……不過……」

當我打算繼續說下去時，三角同學便像是猜到了什麼般打斷我。

「好啦好啦，你難得來這裡，不必那麼急著做出答覆啊，雨野同學。」

「可是……」

從那次以後，我心裡對電玩的認知並沒有多大改變。既然如此，我的答覆自然也無法跟上次有什麼不同。

我尷尬地露出苦笑，三角同學卻硬是繼續說：

「反正我們今天先一起開心玩遊戲嘛，好不好？哎，話說明明才過幾個月，像這樣有五個人到齊的狀況已經讓我覺得懷念了耶。」

三角同學有點牽強地改變話題。不過，沒想到大磯學姊接著說下去：

「是啊。那次之後，這個社團發生了許多事……具體來說，由三角的〈世界大賽篇〉起頭，然後是加瀨讓真正戰爭終結的〈戰爭遊戲篇〉，還有我那個走火入魔的好友終於將世界逼到滅亡前夕的〈諸神黃昏篇〉……真的發生了許多事呢。」

「欸，電玩社未免太多狀況了吧！拜、拜託你們，要我也該有個限度！」

「……的確，我剛才稍微掰過頭了，大概有兩成是加油添醋。」

「只有兩成嗎！欸，電玩社到底是怎麼了！唉，雖然我在頭一次體驗入社時就聽說所有人都有奇怪的背景…………難、難道說，那並不是開個小玩笑而已嗎！」

「唔～～難講喔～～」

新那學姊咧嘴一笑……這個人還是老樣子，實在不曉得她葫蘆裡賣什麼藥。她是說笑還是認真的啊……

我只好向三角同學確認。

「呃，三角同學，你參加世界大賽那件事，還有電玩社內外發生的事情……實際上，有多少是真的？」

三角同學聽了我的問題，就忍俊不禁似的哈哈大笑。

「啊哈哈，雨野同學果然很純真，居然完全相信別人講的話。」

「就、就是嘛。我看那些話，還是不要照單全收比較好——」

「當然了。因為實際上……由這個社團的兩個幽靈社員學妹組成搭檔，在以異世界為舞台的電玩大賽中海噱其他種族對手以後凱旋歸來的〈NO GAME NO RISE篇〉才是最異常火熱的，學姊何止沒有加油添醋，還講得非常含蓄呢。」

「……我是不是該卸下旁白的工作了啊？」

原本我以為路人角也有路人角的人生才一路撐了過來，可是待在這個社團裡，我好像連那份矜持都快守不住了。以後我還是別亂搶風頭，當個只會說「這裡是音吹高中喔」的機器好了……

於是，當我陷入沮喪時，三角同學就幫忙講了幾句打圓場的話。

「話雖如此，即使忙了一大堆雜七雜八的事情，那終究只是旁騖，我們在電競界依然有

得磨練啦。我想電玩社往後也會繼續精進的。」

「這、這樣喔……」

繞了一圈回來，結果電玩社在平常似乎仍是健全地磨練電玩技術的社團。

這樣的真相使我放心地捂了胸口。

就在此時，我忽然發現加瀨學長好像正在社辦深處摸東摸西。這、這種演變好像似曾相識耶……

「（記得沒錯的話，這是要……）」

當我冒出一絲緊張時，手腳靈敏地完成準備的加瀨學長便轉向這邊，還將掌上型主機沿著長桌滑過來。

「那我們馬上來玩吧，雨野景太。」

「（來了……！）」

加瀨學長同樣把掌機發給天道同學及三角同學。我戰戰兢兢地拿起自己面前那一台，然後望向畫面。結果，加瀨學長已經啟動遊戲，遊戲標題是……

「（如、如我所料，跟上次完全一樣……！）」

是我上次體驗入社時也有玩到的ＦＰＳ作品……我的胃又開始痛了。

沒、沒有啦，我並不是討厭這款遊戲本身，我反而還覺得這是款非常有趣的好遊戲。儘管是掌機，奔馳於戰場的臨場感、操作性、圖像表現……全都有極高的水準。即使後來過了幾個月，它目前仍是ＦＰＳ在掌機方面的「決定性作品」，地位絲毫沒有動搖，由此應該也可以看出這款遊戲的完成度。

因此身為電玩愛好者，能跟別人開開心心地玩這樣的遊戲，坦白講我對狀況本身是感到慶幸的。慶幸歸慶幸……

「（怎麼辦，要講到我後來技術有沒有進步……根本就沒有！）」

在小說或漫畫裡，這種劇情不是要等主角經歷其他磨練成長後才會發生嗎？樂趣在於早期瞧不起主角的角色態度會稍微軟化，講出「你變得挺有兩下子了嘛」之類的詞，該有這樣的劇情才對吧？

可是，要提到我這幾個月來都做了些什麼……

「（玩些輕鬆的遊戲，然後睡覺，玩手遊，然後睡覺，跟上原同學起一些小衝突，然後睡覺，被複雜的人際關係耍得團團轉，然後睡覺，試著在現充感之中陶醉一下，然後睡覺，跟海帶女吵架，然後睡覺，被辣妹纏上，然後睡覺，被天道同學迷得七葷八素，然後睡覺，偶爾心血來潮玩些輕鬆的遊戲，然後又睡覺……）」

大致上就是反覆這套過程。假如這是以電玩為主題的輕小說，簡直會逼人在書評寫下「主角該碰電玩了啦」來吐槽我的日常生活耶。

而現在居然發生了「跟之前一樣要測試本領，正因如此，得展露與上次不同的自己才行」這樣的劇情，我的老天爺啊，祢對我會不會太狠了？

當我手裡拿著掌機，還像小動物一樣頻頻發抖時，天道同學似乎是為了讓我安心，便對我投以微笑。

「不要緊喔，雨野同學，這跟上次不同。」

「不……不不不不不！假如經歷過修行或壯烈的實戰累積經驗也就罷了！我的技術說真的還是跟上次一樣耶！不對，我最近大多是在玩只要按選項的遊戲或者點擊型遊戲，遊戲技術反而有可能退步喔！」

「？」

當我像這樣拚命聲明以後……電玩社眾人卻有些發噱似的看了彼此的臉。

當我不解其意地愣著歪頭時，下個瞬間，加瀨學長就冷不防地大聲宣布：

「那我們現在開始比賽！這次由我和三角，天道和雨野各一隊，含電腦操控的角色在內，總共是六對六的團體殊死戰！開始！」

「咦？哇……哇哇！」

比賽二話不說就開始，我還來不及遲疑便被推上戰場。

畫面中是一整片荒廢的街道景象。剝落的混凝土牆、破掉的玻璃窗，還有成堆瓦礫。

明明這本身在FPS算是常見而典型的戰場……目前我卻緊張到不行。

比賽開始的倒數在轉眼間結束，遊戲終於正式開始。

電腦操縱的己方士兵們賣力衝鋒，我只是茫茫然地目送他們。

這時候，有個士兵突然在我面前回頭轉身了。他頭上顯示著「Player3」……看來那似乎是天道同學操縱的士兵。

我一瞬間以為天道同學在催我「趕快衝」，心裡便急了起來……然而下一刻，她的角色卻開始做出玩鬧用的「地板舞」動作。

「……咦？」

我不由得從遊戲畫面抬起視線，然後看向天道同學。她則把視線從畫面上移開，對我回以微笑，手指頭還離開按鈕，對我豎起拇指。

「欸，等一下……」

明明戰鬥早就開始了……她卻做出了不像認真派玩家會有的疏忽及多餘動作。

當我感到擔心時，正如所料，戰場上開始傳出槍響，雷達上有兩個己方的反應消失。我們陣營似乎有兩個電腦角色一下子就遭到痛宰了……這還用說，因為擔任主力的玩家都在起點磨蹭。

我連忙讓自己的角色進攻，並且向天道同學搭話：

「天、天道同學，我們要趕快上陣才可以！會輸掉啦！」

「嗯，好啊，或許是耶。」

「妳還說或許！我們隊伍的主力怎麼想都是妳，認真一點……」

就在我一邊嘀咕一邊讓角色來到廢墟入口處的那瞬間。

〈轟！〉

「唔哇！」

伴隨著些許爆炸聲，白煙和紅色的傷害顯示閃過畫面。

「（唉，我立刻就被宰掉了啦！）」

由於這款遊戲基本上將角色的體力設定得較低，輕微槍傷也就罷了，被設置好的爆裂物迎面炸到包準活不了——理應是如此才對。

「奇怪？」

不可思議的是，我的角色看似還活著。儘管我一瞬間呆住，還是立刻調頭躲起來確認情況。於是……

「…………設、設置型的煙幕？」

我剛才踩中爆裂物的地方，目前正籠罩著滾滾白煙……嗯，就這樣而已。

不、不對，煙幕（Smoke）本身在ＦＰＳ也是大有用處的裝備，可以躲過狙擊手的眼睛在戰場上移動，或者用於牽制敵方，有各式各樣的用途。

只不過……它當然沒有殺傷能力。雖然炸裂時也會造成聊勝於無的傷害，但也就只有那樣而已。所以這項「敵人踩中就會冒煙」的裝備「設置型煙幕」，屬於用途讓人搞不太懂的裝備……也就是俗稱的「搞怪武器」，在線上對戰之類的場合當然鮮少被使用。畢竟這可是連我要用都會感到疑慮的「胡鬧」武器，頂多只有在跟家人或朋友玩的時候……

想到這裡，我才猛然抬起臉，就發現三角同學正賊賊地笑著凝視我。

「呵呵呵，怎麼樣啊，雨野同學？好玩吧？」

「三角同學……！」

個性正經的他居然會用這種戰法……不對，這本身倒值得慶幸就是了，不過這樣一來，會讓我在意的就是認真到沒話說的加瀨學長會有什麼反應了。四名玩家中有兩個人都擺這種態度，就算加瀨學長發飆也是難免。

我戰戰兢兢地偷看學長的反應，就發現……他的眼光依舊專注地落在畫面上，嘴裡還小聲嘀咕：

「……呵，得手了。」

「啊！」

天道同學頓時發出微微的驚呼。看來她是被加瀨學長解決了。就算天道同學再怎麼有天

分，在ＦＰＳ這方面似乎還是加瀨學長的技術比較高——

「唔，剛才那隻老鼠是我看上的耶！」

「抱歉了，天道，先得手先贏……讓我們在下一間廚房再會吧！」

「不不不不不，你們兩位是在比賽什麼啊！」

我訝異地對莫名其妙的對話內容發問，仍專注地盯著畫面的天道同學就回答了。

「這次我跟加瀨學長在比賽個人的狩獵數量，目標是偶爾會遊蕩於地圖邊緣的老鼠！」

「呃，你們說的老鼠，該不會是暗指敵方士兵的術語……」

「當然是指正牌老鼠啊！」

「正牌老鼠！」

我出生到現在頭一次聽到正牌老鼠這種字眼。

天道依舊專注地望著遊戲畫面繼續說：

「所以嘍，雨野同學，現在請不要講話干擾我！……啊，那邊的己方ＣＰＵ很礙事耶……好，那就朝自己人轟一槍吧。」

敵方隊伍頓時添了一分……不不不不不！

「天道同學，不能對自己人『轟一槍』啦！雖然妳這樣講很可愛！可愛歸可愛！在干擾這場比賽的是妳吧！」

當我全力吐槽時，又換成加瀨學長一臉從容地把目光從畫面上抬起，然後朝我看過來。

「呵，別擔心，雨野景太。」

「加……加瀨學長？」

加瀨學長推了發亮的眼鏡，一面自豪地告訴我：

「我在這場比賽……已經將己方的ＣＰＵ除掉八次了！」

「精神層面上太令人擔心了！為了獵老鼠就殺掉友軍八次的人是有什麼毛病啊！」

我一吐槽，天道同學就突然發出「唔！」的驚呼聲，並且嚴肅地嘀咕：

「……雨野同學，看著吧。我……我也不會輸的，我會殺掉更多自己人！」

「所以你們那邊到底在比什麼啊！」

來不及吐槽的我都講到喘了……這時候，我才發現自己荒廢了遊戲的操作。

在這種毫無防備的狀態下，大概早就被敵方ＣＰＵ幹掉了吧？如此心想的我看了畫面，就發現上頭呈現的光景是——

「雨野同學……你的背後由我來守！」

——三角同學為了保護我，接連宰掉己方陣營ＣＰＵ的身影！

「為什麼啦！你為什麼要用全力保護我這個敵人，三角同學！」

「……呵……為什麼呢……大概是因為……縱使是敵人……你仍是我的朋友吧。」

「好感人的台詞！不愧是擁有男主角屬性的人！不過連玩遊戲都要搬出這種亂熱血的友情論的話，我們就不能玩任何要對戰的遊戲了耶！」

「雨野同學……你……你的意思是……即使是朋友，偶爾也會有必須把心化為厲鬼……然後交手的場合嗎……」

「總之在玩對戰遊戲時大多都是這樣吧！」

「好吧…………那麼，放馬過來吧，雨野同學！讓我們拋開武器……不，乾脆讓我們拋開電玩主機，用活生生的肉體互鬥！」

「那樣就只是真的在打架了啦！正正常常地用電玩來對戰啦！」

「難道……難道說，你就那麼想跟朋友在戰爭中廝殺嗎！」

「我想要耶！與其真的打架，我選擇在遊戲裡的戰爭中廝殺有什麼不好！」

「沒辦法……那就來吧……這是『我們與她的遊戲戰爭』！」

「嗯，注意用詞！呃，以狀況而言很貼切，可是該怎麼說呢？你用那種講法就得多留意！雖然內容取向差遠了，大致上還是分在同一個類別，因此你用的哏有點敏感！」（註：雨野在影射《我與她的遊戲戰爭》這部輕小說）

「……雨野同學，你有時候講話會莫名其妙耶。」

「我才不想被現在的你數落這一點！」

我們一邊重複如此沒營養的互動，一邊繼續亂糟糟的對戰。

就這樣，過了大約十分鐘以後。

「結、結束了……」

儘管比賽是以我和天道同學這一隊獲勝的形式結束……老實說，我從當中感受不到半點勝利的充實感。實際上，像天道同學就對比賽結果連一眼都不看，只是看似精疲力盡地嘀咕著：「老鼠……不夠……」……要是被不認識的人看到，肯定會覺得她這個人有病。話說就連身為男朋友的我，目前都希望能跟她保持距離。恐怖。

另一方面，三角同學也有他的狀況，他在殺了一大堆友軍後還笑著說：「我……我並沒有後悔喔，雨野同學！」有病耶。這傢伙有病耶。

只有加瀨學長的情緒還算穩定，但他會裝模作樣地嘀咕：「呵，我練成殺老鼠的技術了……」從某方面來說，那模樣看起來倒像瘋得最徹底的人。

於是，在這樣的情況下，我一回神就發現大磯學姊似乎準備要安裝大尺寸螢幕……上次的記憶再度從我的腦海裡復甦。

「（照這樣……會演變成打格鬥遊戲只有我一個玩得超爛，然後無處容身……！）」

我的額頭冒出汗水。跟ＦＰＳ一樣……我打格鬥遊戲的技術也一點都沒有長進。何止如此，每當跟上原同學對戰，我就會深切感受到自己缺乏打格鬥遊戲的天分……喪失了自信，就有可能比上次更弱。

在我冒冷汗的時候，學姊仍繼續在準備，一回神，無線控制器已經發給我、天道同學還有三角同學了。

如我所料，社辦裡所配備的大型螢幕上顯示了跟我上次體驗入社時完全一樣的多人亂鬥型對戰遊戲的畫面。

大磯學姊手腳迅速地在選單畫面做選擇。規則是亂鬥的個人戰。這樣就跟之前的ＦＰＳ不一樣，沒辦法依靠別人（雖然我剛才也沒有依靠天道同學就是了）。

系統就這樣換到了角色選擇畫面。當大家都開始移動游標時，最先選好的是大磯學姊。

「那我就當作讓步兼練習，用自己最不擅長的這個角色。」

大磯學姊用了跟上次完全一樣的理由選角，依舊符合玩家作風的思考模式。

接著則是由天道同學與三角同學選角。他們倆跟大磯學姊正好相反，似乎都選了所謂「手頭上會用」的角色。這同樣是符合玩家作風的思考模式之一。

至於我嘛……

「呃……那我就讓電腦隨機選角。」

沒有特別擅長或不擅長用的角色，又有越玩越爛的慢性症狀，同時還優柔寡斷，因此我就順著習慣，挑了跟弟弟對戰時的常套手段「電腦隨機選角」。

然而——就在此時，我有所警覺了。

「（糟糕，這是會惹電玩社眾人生氣的做法！）」

既沒有堅持也感受不到拚勁，從某方面而言算是最隨便的選角方式。對認真面對遊戲的人來說，大概沒有比這更令人火大的事吧。畢竟用這種做法，就算在某方面被當成輕視對手也怨不得人。雖然我實際上完全沒有這樣的意思，可是憑這種行為要說我「對電玩並不算誠心誠意」，我也難以反駁。

我心驚肉跳地偷看大磯學姊的臉色。結果……如我所料，眼前的學姊看起來有些不悅。不過那也只是短瞬間的事，她在下一刻就呼出一大口氣，像是切換了想法，還帶著笑容朝我看過來。

「原來如此，『電腦隨機選角』就是你『手頭上會用』的角色。」

感覺學姊把我講得好酷耶。我連忙揮手。

「不、不是的，沒有那麼誇張！呃，不過——」

「好啦，要開始嘍，雨野景太。」

「咦？啊，好……好的！」

被學姊一說，我連忙把視線轉回螢幕，用心在遊戲上。

第一場比賽就這樣打完了……結果，沒想到我並不是最後一名。

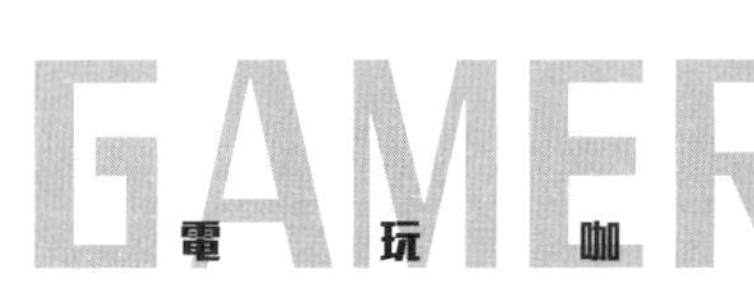

天道同學搔著頭，對大磯學姊露出苦笑。

「啊哈哈……哎，我效法新那學姊，也試著用自己不擅長的拋摔招式當主要戰法……但是不習慣的事情還是做不來呢。」

「選這個角色還用拋摔招式當主要戰法，我想即使換成妳以外的人也玩不起來耶。」

「就、就是啊……」

天道同學看著螢幕上顯示的淒慘戰績，然後嘆氣。當我茫然地望著她時，她就朝我微微吐了吐舌頭。好可愛。我女朋友超可愛的。

就在我東想西想的時候，第二場比賽開始選角了。

我把目光轉回畫面上，心想這次非得好好地選而開始認真研究——

「……咦？」

——這時候，我發現大磯學姊把游標移到隨機選角的位置了。

我吃驚地看向學姊，她就吹起了不知道從什麼時候開始嚼的泡泡糖，還瞥了我一眼……

然後默默地按下決定鈕。

而且，連三角同學都像在追隨學姊似的……選了隨機選角。他帶著笑容看向我這邊。

「偶爾玩這種名堂也不錯啊。」

「三角同學……」

「啊，那我也要。」

最後連天道同學都選了隨機選角……這麼一來，總不能只有我挑角色。

在眾人守候下，我難為情地搔著臉頰，選了隨機選角。

就這樣，所有人都用隨機選角的比賽持續了三場左右。

大磯學姊也就罷了，三角同學和天道同學好像真的除了手頭上會用的角色外，都完全沒有練。多虧如此，雖說我沒有電玩天分，但平時算是靠隨機選角而平均練過各角色的我，仍然打得夠漂亮了……即使如此，三場比賽中還是有兩場排最後一名。不到慘敗的地步。

到了第五場比賽。天道同學和三角同學好像終於領悟到「沒時間能摸熟角色」，就開始積極使用硬派玩家不太愛用的「攻擊道具」。如此一來，比賽的情況便淪為一團亂，大磯學姊再厲害也會碰到許多光靠技術沒辦法克服的局面。這樣對我來說就占了便宜，我跟激烈互鬥的三個人稍微拉開距離並且不停攻擊，結果……

「哇，第一名耶。」

我奇蹟性地以些微之差壓下大磯學姊，拿到第一名。

天道同學高興得像自己奪冠一樣拍手。

「哇，你很厲害嘛，雨野同學！連我都沒有贏過新那學姊耶！」

連三角同學都跟著起鬨。

「了不起，雨野同學，曾在對戰格鬥中完封剛拿到世界第一的我，你果真不是蓋的。」

「不不不不不，剛才那完全只是靠運氣啦！」

我如此自謙，最後就連大磯學姊都把笑容轉了過來。

「雨野景太，無論靠的是運氣或其他能力，贏了就是贏了。你要懂得驕傲。」

「學姊…………嗯，雖然我剛才差點受了一絲絲的感動，但我想運氣就是運氣耶。高興歸高興，感覺還是不值得驕傲……」

「或許是呢。」

「啊，學姊也認同這一點對吧！」

學姊還是一樣讓人無法完全捉摸。可是，不知道為什麼，明明我依舊不懂學姊，現在何止感覺不到像上次那樣的冷漠，甚至還對她有了親近感。

……不對，要說的話，那不僅限於大磯學姊。

「喂，時間差不多嘍。」

加瀨學長看了時鐘提出忠告。大磯學姊隨口回應「ＯＫ」，然後就切掉遊戲的電源，開始動手收拾。

「啊，我來幫忙。」

儘管我說著就要起身，大磯學姊卻制止：「不必，對社團熟悉的人來收比較快。」相對地，她對天道同學、三角同學還有加瀨學長發出了指示。

當他們四個忙著收拾時，我便閒閒地發呆觀望。

……當中有著和上次截然不同的「溫暖」。

「（這樣啊……天道同學就是想讓我體驗這些，才硬把我叫來的嗎……）」

的確，那是我以前來電玩社觀摩時沒有見識到的畫面。

電玩社願意發自內心對我這樣的遜咖玩家表示理解……然後，還以相應的準備與心態來歡迎我。

我望著忙個不停的學長學姊，同時也再次對他們的用心感到佩服，眼裡甚至有些泛淚。

……於是，社辦便在不知不覺中收拾完畢，一回神，社辦裡背對夕陽站著的四個人正一臉親切地望著我。

當我對他們鄭重的模樣愣住時……天道同學就像要代表所有人似的往前一步，問道：

「那麼……雨、雨野同學，你覺得怎麼樣呢？今天的體驗入社。」

天道同學顯得有些緊張，我立刻用微笑回答她：

「當然是非常開心啊！大家為我做了這麼多……！」

我使勁起身，然後彎腰向電玩社眾人行禮。

「太感謝你們了！」

「不會不會，這樣啊，既然你玩得開心，那就太好了。」

我抬起臉，發現天道同學……不對，連其他成員都有些害臊似的在微笑。

……在這個瞬間。

我感覺到從上次體驗入社以來始終存在於我們之間的……那一絲絲的「疙瘩」，逐漸融於夕陽消失了。

好似要細細體會那股餘韻，間隔片刻以後。

天道同學帶著溫和的表情開口。

「那麼，雨野同學。或許你會覺得不勝其煩……不過，請讓我再問一次。」

「好的。」

聽了她的話，我和氣地回以微笑。

室內充斥著某種肉麻的氣氛。

天道同學便清了清嗓，然後重新提出她的問題。

「雨野同學，能不能請你跟我們一起經營電玩社呢？」

天道同學往上瞟過來的眼神發威了……我的精神抵禦力徹底歸零。臉都變得紅通通。沒有把眼前的女朋友抱住幾乎是奇蹟。

猛一看，三角同學……還有加瀨學長和大磯學姊都帶著笑容守候著我們。如此對待我這個毫無價值的男人……實在太令人感激了。

我重新將電玩社看了一圈。

由我最喜愛的各種電玩所填滿的理想空間。

身為全校第一美少女，同時也是我女朋友的天道同學。

如今要好到說是知心好友也不為過的三角同學的迷人笑容。

肯關懷我這種人的溫柔學長姊，還有尚未見過面的兩個學妹社員。

我夢想中的現充高中生活，全都包含在這裡了。

而這些，正處於只要我說聲「好」便能拿到手的狀態。

……那簡直就是「樂園」。

有理解我的人、有好玩的遊戲……對於我，雨野景太來說是真正的理想國。

正因如此，我……

面對眼前這位……目前我最愛的人，同時也最為尊敬的女朋友。

我帶著由衷的笑容。

懷著堅定決心。

對她說出了自己的答覆。

「不，我不用了。因為這裡似乎沒有我原本所尊敬的『電玩社』。」

＊

「你是白痴嗎？景太，你是白痴嗎？」

「旁邊那個海帶女，妳很吵耶。」

離參觀活動隔了大約一小時的傍晚時分。在跟上次同樣一間家庭餐廳，有著跟上次同樣互相面對面的男女身影。

儘管兩個人跟平時一樣用目光火花四濺地彼此鬥了一陣子……難得的是這次對抗卻沒有持續太久。

因為我馬上就退讓了。

渾身乏力的我軟綿綿地把額頭靠到桌子上，然後抱著腦袋呻吟：

「唔～唔～……千秋，果然由妳來看，也會覺得我選錯選項了嗎？」

我從瀏海之間的空隙偷瞄千秋的表情。

她正用冷漠得嚇人的眼神鄙視我。

「不不不，你不只是選錯而已，假如我是這款戀愛模擬遊戲的製作者，就會不惜把那設計成直通壞結局的搞怪選項喔。『帶著笑容拒絕女朋友第二次的社團邀請』……你的神經到底長成什麼樣啊？」

「要、要說的話，千秋，妳還不是拒絕過一次電玩社的邀請——」

我反駁以後，千秋就威嚇似的「砰」一聲將紅茶杯擺到杯墊上……坦白講我有點嚇到。

「上次跟這次狀況完全不同，雨野先生，請問你明白這一點嗎？」

「雨野先生……」

哎呀，她這是要認真說教的模式。我從桌子上抬起臉，並且端正坐姿。

千秋無奈地一邊大口嘆氣，一邊繼續說道：

「上次呢，全校第一的美少女想把沒見過幾次面又似乎很好騙的御宅族男生拐進社團，以話題的發展來說要拒絕應該還算合理。」

「感覺妳有滿多部分必須講得委婉一……」

「然而，這次的情況是……『心愛的女朋友鼓起勇氣，想再一次努力拉近距離，而你卻還是斷然拒絕』，根本已經往神經病的領域踏進一小步了啦！」

「居然罵我神經病。唉，雖然我對不起天道同學是事實。」

被千秋這樣說破很丟臉。不過，我還是要先講幾句話緩頰。

「後來我當然有跟天道同學說明原因，還跟她道歉，起碼也得到諒解了耶。」

「那是因為天道同學想當『善解人意的女朋友』……也許她心裡其實被傷得很深，講話卻還是順著你而已啊！」

「唔，妳要這樣說，我就沒有詞可以反駁了耶……」

雖然在我眼裡看起來並不像那樣……不過被人提出「其實當事者背後另有想法」這種論點，我就無可奈何了。實際上我對這部分也還是有些不安，才會像這樣跟千秋討論。

不過，即使如此，有一小部分我無法接受。

「……呃～千秋，雖然妳講的很有道理。」

「那當然了。我現在跟天道同學可是有志一同呢！」

海藻類女生莫名氣粗地如此說道……這傢伙跟天道同學有哪裡找得到共通點啊？搞不懂。包含這一點，我重新提出疑問。

「呃～千秋……妳對這個話題這麼熱衷究竟是為什麼？妳跟天道同學有那麼熟嗎？」

「咦？那、那是因為……」

千秋在這時候稍微轉開視線，嘀嘀咕咕地說：

「…………歸根究柢，第二次邀請算是我促成的嘛……」

「咦？原來這次活動是妳提議的？」

「欸，你為什麼可以把自言自語完全聽清楚啊！像剛才那句的音量，我就有把握只有自己才聽得見耶！」

「其實呢，我最近也學起一點脣語了。」

「這個主角打算往哪裡發展啊！」

千秋發出有些莫名其妙的吐槽以後，清了清嗓重啟話題。

「不過，我是沒有直接提議啦……呃，應該說，天道同學前些時候在猶豫要不要邀請你時，我不小心講了一點鼓勵她的話。那個……好比說：『被拒絕就被拒絕啊，反正景太的為人就是那樣，無妨吧。』……」

千秋說的話讓我不禁愣愣地瞪大眼睛。

「咦？那妳跟天道同學都了解我的脾氣了嘛。」

「啊，不……不過，那純粹是指理由跟上次一樣的情況。換句話說，假如你是因為對遊戲的態度有差異而再次拒絕他們，那也沒辦法啊。但是……」

千秋說到這裡就狠狠瞪向我。

「電玩社成員肯在遊戲態度這方面大幅讓步，你卻還跟他們切割，那就完全是另一回事了。」

「……嗯，也對。那樣子，確實……完全是另一回事呢。」

那是我本身認同的部分。我拿起擱在旁邊就要冷掉的咖啡，緩緩將咖啡送進嘴裡並空出一段時間。

在這段空檔，千秋依然繼續用力瞪著我……看來她真的是在幫天道同學著想。

「（……總覺得……好高興耶。）」

明明千秋生氣的矛頭是指著我，她肯為天道同學生氣這一點卻讓我格外高興。

不過，正因如此……我也不能隨便亂講話敷衍。

我一邊喝咖啡一邊在心裡稍微整理一下想法，然後重新望向千秋的眼睛。

「的確，如妳所說，這次跟上次拒絕入社的理由完全不同。可是另一方面，根本的思維在我心裡還是一樣喔。」

「什麼意思？」

「上一次，我是想保有自己對遊戲的態度才拒絕入社的。」

「是啊，我也一樣。」

千秋點頭。果真是同一套感性，她對這部分似乎沒有疑問。

不過既然如此，這次的事情千秋肯定也會懂才對。

我挺起胸膛，發表自己的主張：

「這一次，我是希望尊重電玩社對遊戲的態度，才拒絕加入社團的。」

「…………」

千秋默默地望向我的眼睛……雖然她並沒有立刻諒解，可是也感覺不到像先前那樣明確的敵意了。

我露出微笑繼續說：

「呃，電玩社成員們為了我花心思，有讓我高興得冒出眼淚喔。真的。假如這是單純的朋友關係而不是社團活動，我想我會欣然加入他們的圈子……不過畢竟事情並不是這樣。」

我小心翼翼地將自己的咖啡杯慢慢擺到杯墊上，花了一點時間摸索用詞。

「該怎麼說呢……嗯。今天的參觀活動對我來說非常舒適愉快，這是事實。可以和天道同學開開心心玩遊戲，對現在的我來說根本就像天堂。何況學長學姊他們感覺也沒有過度勉強自己來配合我。嗯……真的……無論回想幾遍，都跟上次完全不一樣……既溫暖又快樂，我認為那是相當令人舒心的社團活動景象。」

「那、那你為什麼……」

千秋納悶似的將頭偏一邊。

可是……對此我卻……

「但沒辦法啊。畢竟在我眼裡，與其讓大家配合我營造輕鬆愜意的社團活動景象……」

我笑著回答。

「『電玩社裡沒有雨野景太而認真活動的景象』——也就是天道同學他們在那裡毫不客氣地切磋琢磨的模樣，看起來要燦爛得太多太多了。」

「…………景太……」

千秋的態度頓時變了樣，還改用同情似的臉色看我。

這樣也有這樣的困擾，因此我急忙緩頰。

「當、當然我並不是在批評活動輕鬆的同好會喔！該怎麼說好呢……對了，類似咖啡還有牛奶吧。」

我舉起自己的咖啡杯說明：

「混合兩種飲料做出來的咖啡歐蕾固然很美味，可是就算這樣，也不代表咖啡歐蕾就比牛奶或純咖啡高一級吧？」

「……嗯嗯。換句話說，假設電玩社是純咖啡，電玩同好會則是牛奶，也不用硬是把兩邊混在一起，各自活動就好了……是不是這個意思？」

「沒、沒錯沒錯！」

自己的比喻順利傳達給對方的充實感讓我十分滿足，可是千秋立刻就多嘴了。

「不過，我在那幾種飲料當中最喜歡咖啡歐蕾就是了。」

「啊，我想我基本上也是最喜歡咖啡歐蕾，在這裡面的話。」

「…………」

「…………」

……千秋從面前拋來白眼……我的額頭冒出汗水…………

「……千、千秋，歪神轉生妳玩到哪裡了？」

「你索性就逃避問題了耶，景太！唉……算了。連這種收尾不夠漂亮的部分，都讓人覺得像你的作風……」

千秋說到這裡，忽然就看似開心地羞赧起來。

「我覺得有點安心了。呵呵！」

「！」

看在總是跟千秋吵架的我眼裡，那樣的表情非常稀奇……

「（……糟糕。剛才我不小心……覺得千秋有一點可愛了！）」

明明我有天道同學這個女朋友，居然還被海帶迷到，像什麼話！

為了驅除邪念，我急忙用額頭撞桌子。儘管千秋和經過的店員嚇得將視線投注過來感覺很丟臉……但是一瞬間被海藻類奪走目光而忽視了天使族女朋友的大變態就該受這種懲罰。

我要欣然接受。

我一邊捂著變紅的額頭，一邊含淚抬起臉。於是，千秋露出了一絲苦笑，卻沒有談及我的奇怪舉動，而是聊起剛才提到的話題。

「歪神轉生嘛，我終於玩到要選擇追隨哪一派人馬的最終場面了喔。你也差不多吧？」

「啊，嗯，對啦。」

「我原本就是想聊這個，今天才會約你……沒想到卻變成聽你在講電玩社想邀你加入的奇妙經過……」

「對、對不起喔，千秋，講了這麼久。呃，所以說，結果妳是選……」

「啊，問這個以前。」

千秋打斷我的問題，做出把麥克風朝向我的動作，還帶著有些使壞的笑容問：

「請先告訴我，你在最後做出的答覆。告訴我，疑似希望對牛奶與純咖啡各給予尊重的雨野景太大師做了什麼樣的答覆。」

「我嗎？……哈哈，妳很笨耶。那還用說……我會做出的答覆，當然就只有一種啊。」

「哦，所以說，那是什麼答覆呢？」

明明千秋應該心裡有數，卻還是好奇地將隱形麥克風倒向我這邊。

對於她的疑問……

「就是『中立』啊。」

我立刻如此回答。於是，千秋就帶著有些壞心的臉色繼續追問：

「哎呀呀，果然是因為選中立比較穩當嗎？還是因為偏頗的『秩序』與『混沌』，兩邊都讓你討厭呢？」

「沒有，不是那樣喔。倒不如說……」

我對千秋回以微笑。

儘管有點害臊……即使如此，有別於過去，我在心裡抱持著堅定的信念。

然後，我回答了她的問題。

「我想，是正因為兩邊我都愛吧。」

✖電玩咖與痛恨的一擊

上原祐

「的確，感覺雨野好像也會把『兩邊都愛』的說詞用在女人身上耶。」

放學後的高級住宅區。

我望著那些白色宅邸的外牆被夕陽染紅，在無心間如此嘀咕。

原本走在旁邊的女生……天道頓時繞到我前面，還激動地探頭看著我問：

「上、上原同學，果然連有志開後宮的你都這麼覺得嗎！」

「妳說誰有志開後宮！妳說！」

儘管我立刻抗議，金髮女生卻完全聽不進去。

她一轉身，就把拳頭湊在下巴並開始認真思索。

「就是說啊。雨野同學太溫柔，感覺反而會有那樣的傾向。連純正至極的敗類外遇男上原同學都掛保證了，肯定不會錯吧。」

「妳、妳喔……」

我實在氣不過，就稍微加重語氣，天道花憐卻依然沒發覺。何止如此，她還咕噥有聲地自己捧著腦袋苦惱起來了。

「正因為兩邊都愛，才希望兩邊都尊重…………這套說詞非常有雨野同學的風格，我好喜歡喔！那種對道理的堅持讓我想起好多事情，讓我今天心頭又揪了一下！不過他這麼有魅力，說起來還是有點困擾──」

「…………」

「哎呀，上原同學，你剛才是不是打算神不知鬼不覺地走掉？」

「……嘖。」

愛男朋友愛到昏頭的笨女人眼尖地抓住我的西裝外套衣角……基本上她都把我當成「不存在」，卻會把「聽牢騷」或「拿行李」之類的勞動強加給我。

「（啊，我想到了。這種待遇在社會上就稱作「奴隸」。）」

我忍不住仰頭向天。太陽紅得像在燃燒。

「（是我放學後沒事留在教室惹的禍嗎……）」

仔細想想……當我察覺跟朋友們閒聊完解散的時間和之前耳聞電玩社大概的活動結束時段微妙地重疊到時，就已經有些許不好的預感了。

於是，我莫名緊張地走向玄關一看，正如所料……就碰到了露骨地不知道在消沉什麼而開口嘆氣的天道。

「（既然我已經決定要支持星之守，實在是……不太想跟天道有所牽扯耶。）」

儘管心裡這麼想，身為同好會的伙伴……身為朋友，我總不能對一看就知道心情正沮喪的人置之不理。

我形同義務地問了一聲：「嗨，天……天道，妳也正要回家嗎？」結果就毀了。

難得有機會便一塊「走路」回家到半途吧，於是她談起了今天邀雨野入社的經過，隨後又直接開始抒發「自己交的男朋友太有魅力」，幾乎跟秀恩愛差不了多少。這樣我當然會想找機會溜掉啊……換成亞玖璃也就罷了，這女的再怎麼說也是名氣響亮的天道花憐。即使抓到空檔也無法從她面前溜掉。

「（感覺都有點像魔王了啦。）」

儘管我心裡不敢領教，陪著天道走路回家也已經過了十幾分鐘。

目前走到人影稀疏的高級住宅區倒還好，幾分鐘前穿過鬧區時可讓我難受的了。

「（……受不了，希望這樣不會傳出奇怪的八卦……）」

像電玩同好會有好幾個人一起閒聊，大概就不成問題，然而男女兩人走在一塊回家，說起來便是相當醒目的畫面了。至少我認為高中男女生會單獨走在一起，正常來想應該就是情侶。

「（再說對方是她……）」

我在今天放學後才頭一次經歷到所有路人都會朝我們回頭的體驗。全世界奇妙到讓我懷疑塔○利先生遲早會冒出來（註：指藝人塔摩利曾主持過的節目《世界奇妙物語》），而且那些人朝天道鑑賞片刻以後，目光自然會轉到她旁邊的男方……

「（雖然我平時都會對雨野說教……但這樣確實很慘耶。）」

壓力有點超乎想像。沒想到被別人「掂斤兩」會這麼難受。從這個角度來看，相較於單純受到憧憬的天道本身，「待在她身邊」的人或許痛苦得多。

當我想東想西時，我們就穿過了正在閒話家常的幾個阿姨身邊。擦身而過時，微微傳進耳裡的「男生看起來有點輕浮呢」讓我略感洩氣。

……唉，雖、雖然我並沒有放在心上，卻還是不由得挺直背脊。天道看見我這樣，就帶著由衷冷淡的眼神說道：

「上原同學，你今天會不會太浮躁了一點？真噁心。」

「唔！」

一回神，天道已經對我傻眼了。我一邊東張西望一邊反駁：「話、話是這麼說啦……」天道卻更加露骨地對我嘆氣。

「上原同學，我還以為你是『看慣』各種場面的人。」

「什麼叫『看慣』各種場面啊？就算有女朋友又交了很多朋友，也沒辦法承受這種注目啦。」

「是嗎？不過……最近雨野同學就算跟我在一起，也會開心地對我笑喔。」

「是、是喔？……這樣啊……雨野他……」

聽天道這樣說，我的心坎頓時有種莫名的感動。

「（雨野他……每次被人搭話就滿身大汗，幾乎每次開口都口吃，在學校都一臉幸福地玩著手遊的雨野……如今居然已經有氣度對著名聲響亮的天道花憐笑了……）」

糟糕，兒子獨立時大概就是這種心境吧。我現在好想把手放在雨野的肩膀上，對他說：「你長大了。」以父親的立場。雖然我不是他的父親。

不過，實際上的問題是雨野成長顯著。我想他對天道所用的心思或者抱持的覺悟，當然都與我不同才對。即使如此，雨野這麼快就變得可以和他人溝通，果然都是靠……

「果然這都是……託亞玖璃同學的福吧？」

「！」

忽然被天道搭話，讓我嚇得冒出反應。

天道走在旁邊，卻有所遮掩似的用微笑來回應我……對她來說，這似乎才是今天的「正題」。

「得感謝亞玖璃同學才行呢。多虧有她，我才能跟雨野同學快快樂樂地相處。」

「或許是吧。」

儘管我心情有點複雜，還是對這一點表示認同。

間隔一會兒，我又繼續說道：

「不過，提到改變，亞玖璃或許也有一點。」

「？什麼意思？」

美少女用雙手把書包提在裙子前面，還微微地對我偏頭……這種與世俗隔離的感覺，真的很像在玩美少女遊戲的放學橋段……

我咳了一聲才繼續說：

「該怎麼說呢，之前……亞玖璃為了配合我的喜好，會表現得特別有辣妹的味道。」

「是啊，要說你喜歡辣妹，感覺確實是相當合拍的設定。」

天道隨口就冒出這樣的感想，使得我板起臉孔。

「欸，妳們幾個女生對我的評價到底是怎樣？我做了什麼啊？」

「看吧……上原同學，你馬上又犯了性騷擾的毛病，想讓我說你『做了』什麼！你真的很差勁耶！」

「…………」

太不講理的態度讓我徹底傻眼，只能茫然地望著這個天生少根筋的金髮女。這時候，天道就警覺似的遮住自己的膝蓋與制服胸口。

「現、現在又換成默默地用色眼看人嗎！你要墮落到什麼地步才滿意啊，上原同學！」

「再怎麼掙扎都是被鄙視。」

我已經絕望到脫口對某款恐怖遊戲的標語致敬了（註：此指電玩遊戲《死魂曲》的宣傳標語「再怎麼掙扎都是絕望」）。

現在是什麼情況？講話會降低評價，不講話也會讓評價自己變低？我的好感度計量表是中毒了嗎？

這時候，天道似乎也反省自己未免說得太過火了，就清了清嗓把話題帶回去。

「然、然後呢，我們說到哪裡了？呃……上原同學，是不是說到你喜歡立刻就肯跟人睡的輕佻女？」

「虧妳可以把片刻前的對話內容扭曲成那樣！我反而感到佩服了！」

「對不起，我弄錯了。是談到你本身態度輕佻對不對？」

「還是錯啦！剛才講到亞玖璃以為我喜歡辣妹！」

「咦，你在講什麼？那不就完全不一樣了嗎？」

「所以我才說妳完全搞錯啦！話說妳為什麼一臉不服的樣子！」

「……呼，傷腦筋，那又為什麼會扯出『輕佻女』這種下流的字眼呢，上原同學……」

「啥，妳問我喔？欸，妳是在問我嗎！」

「……上原同學，有時候跟你講話會讓我冒出在迷宮打轉的感覺呢。」

「同感！單指這一點我也強烈地有同感！」

當兩個人的想法意外地完全一致以後，我們又重新把話題帶回去。

「反正，我想講的是亞玖璃最近不會過度表現得像辣妹那樣了。怎麼說呢……她算是把本性認真的部分拿捏得恰到好處吧？」

「嗯。然後，你認為那是雨野同學的影響？」

天道一副覺得不可思議的樣子問了。我則是回以苦笑。

「於好於壞來說，雨野這個人都有能打動人心的特質吧？」

「有呢。」

天道立刻回答。哎，畢竟妳是世界上被雨野打動得最厲害的啦……

「長久以來陪這樣的傢伙商量感情事，自然就無法只用表面營造的形象來應對……無論怎麼樣，講話都會變成以真心話為主。」

「對耶……或許是這樣。原來如此，亞玖璃同學就是這樣才有比較多機會展現本性，導

致了現在的局面。」

天道像懂了什麼似的把手指湊在下巴點頭。她跟亞玖璃不同，每個動作都顯得聰明伶俐……不過，換句話說，就是缺了一絲可愛。

我們倆暫時默默地一邊各自思索，一邊走在人影稀少的閑靜住宅區。

……受了亞玖璃的莫大影響，雨野越來越有長進。而且，被這樣的雨野啟發，亞玖璃也開始踏上更為成熟的階段。

當我們客觀地想像那兩個人的關係時，內心只冒出了一句話。

「「…………」」

……我跟天道驀地目光相接……然後，兩個人就像事先約好了一樣——齊聲喊了出來。

「「這樣的情侶簡直太理想了啦（嘛）！」」

打從心裡彼此信賴，有時會互相嬉戲，有時會互相衝突，卻還是可以讓彼此在為人方面大幅成長的來往關係。

假如這不叫理想的情侶，那要叫什麼呢！

趁沒有他人的目光，我們都不知道把平時從容高尚的態度拋到哪裡去了，開始認真地互相破口大罵！

「說來說去，沒有把女朋友好好抓緊的你就是一切元凶嘛！」

「我才要把妳那些話原封不動……再乘以十倍還給妳啦！天道花憐，妳連男朋友都管不住，太異常了吧！今天想邀他入社居然還被拒絕！」

「唔……！話、話是這麼說沒錯……！可、可是你們那一對，不是已經交往半年以上了嗎！彼此卻還有那樣的距離……以這年頭的高中生來說，會不會太沒用了！」

「唔……！我、我是在觀察對方的狀況，這樣才好摸索要怎麼拉近彼此的距離……」

「那不就叫軟腳蝦嗎？」

「妳……！不然我問妳，妳那邊跟雨野成為情侶以後有什麼明確的『進展』嗎！」

「唔唔……！我、我們滿常一起玩遊戲……」

「一起玩遊戲！哈，那我跟雨野玩的次數還比較多啦！」

「果、果然你對雨野同學也是用那種眼光……」

「果然是什麼意思！我要講的不是那回事！我告訴妳，妳跟雨野所做的事情，根本還不到交往的等級啦！」

「不然你跟亞玖璃同學在這半年，具體來說又做了什麼？你說啊！」

「妳、妳在說『做』這個字的時候，發音是不是微妙地帶有猥褻的調調！呃，那個，亞、亞玖璃跟我做了什麼嗎……呃…………比方說，放學後一起到電玩中心玩……」

「…………」

「……妳別說了，是、是我不好啦。對啦，沒有錯！坦白講，我這邊也完全停留在『朋友』的等級啦！混帳！」

當我用力跺腳以後，天道就看似精疲力盡地垂下肩膀。

「……倒不如說，我們別再這樣無謂地爭執下去了。彼此本來就只剩一口氣，這樣只會慘到互相消耗精神力而已喔。」

「……也對。」

我們倆看了彼此的臉，大口嘆息，然後垂頭喪氣地再度踏上歸途。

就這樣默默走了大約十秒鐘以後，天道重新說道：

「……實際上的問題在於，我並沒有認真懷疑雨野同學跟亞玖璃同學有『外遇』喔。」

「是啊……我了解。」

說得沒錯。那兩個人才不會容許那樣的「背叛」行為，對此我們是最清楚的。可是……

天道又繼續說：

「可是……一想到我跟雨野同學之間，有沒有『什麼』能比得過他跟亞玖璃同學之間所擁有的……」

「是啊……這我也可以了解。」

我和天道忍不住垂下頭……………差不多也該把話講清楚了。

「——我們不是在懷疑他們『外遇』，而是懷疑自己『不如人』。對吧？」

「…………」

天道的臉痛苦地皺在一起。即使如此，她仍然微微地點頭給了我答覆。她纖弱的手正緊握著書包的提柄。

儘管我內心同樣有股強大的壓迫感，卻還是憑著一絲光明繼續跟她說：

「話雖如此，我倒覺得我們都太悲觀了點。」

「怎麼說？」

「情侶之間不會做，朋友之間卻會做的事情，要舉多少例子都有吧？」

「啊，以我來說就像『雨野同學的魅力發表會——兩小時豪華特輯』那樣嗎？」

「麻煩妳還是不要那樣對朋友。」

被愛沖昏頭的天道依舊令人受不了，但我還是繼續說明。

「哎，不過正是這麼回事。實際上他們的『戀愛諮詢』就屬於非得是朋友才能談的極致

吧？又不能找身為當事者的男女朋友聊。」

「可是我希望雨野同學什麼都能找我談耶……」

「那倒也是…………我想到了，比方說，雨野在猶豫要送妳什麼禮物當驚喜時，就絕對無法找妳本人討論吧？」

「啊，或許是呢。要送禮物的話，無論什麼時候我都會想要雨野同學本人就是了。」

「妳偶爾會語出驚人耶。」

「？」

天道花憐看似連講了肉麻話的自覺都沒有，還微微地偏頭……欸，這、這傢伙的愛有點沉重耶！替男方擔心貞操的問題，我可是頭一次。

我清了清嗓又開始說：

「總之我想講的呢，就是我們何必跟他們在同一個擂台上競爭。我們有屬於我們的做法以及逆轉方式吧？」

「什、什麼意思？願、願願願聞其詳！」

「是、是喔……咦？等一下，這裡不就是妳家了嗎？」

一回神，我們已經來到門牌上寫著「天道」的房子前面了。相當體面的房子。

然而，天道卻顧不得這些似的傾身問道：

「那不重要啦！關於逆轉的方式，請詳細說明！求詳細！」

「好、好啦……」

天道太過激動，嚇得我稍微冷靜下來重新想了想。

「（喂喂喂，現在狀況怎麼變得像是我要給天道建議？我不是決定要站在星之守那一邊了嗎？）」

結果一回神，我不小心就臨機應變地跟講話對象站到「同一邊」了。

「（這大概就是我八面玲瓏的壞毛病吧……）」

雖然我忍不住反省，另一方面，要說到在當下用冷漠的態度應付天道是否正確，我又覺得那樣不對。

「（啊，說起來就像打格鬥遊戲一樣。我在對戰時絕不會放水，可是對戰後要是對方想找我探討彼此有什麼優缺點，那我就會欣然接受，道理是相同的。）」

我目前依舊無意跟天道站在「同一邊」。要無條件聲援的話，我到底還是支持星之守跟雨野配一對。

但就算這樣，我也不至於糟蹋「可以讓彼此有所長進」的機會。

「（我固然是跟星之守站在同一邊……不過，我更是亞玖璃的男朋友啊。）」

如此在心裡劃清界線以後……我便轉向天道。

「身為『情侶』，想要跟『朋友』有所區別的話，方法就只有一種吧？」

「是、是什麼方法……？」

天道把口水咕嚕嚥下……講到這裡，我也無法回頭了。

「（哎，不管那麼多了啦！）」

為了順便鼓舞自己，我決定把這套想法——「從情侶立場一舉逆轉局面的方式」硬是跟別人分享。

「——讓生米煮成熟飯啊，只有這樣做了吧？」

雨野景太

即使是剛洗完澡而熱烘烘的身體，也會一下子就覺得冷的某個秋天夜晚。

「雙、雙重約會？」

『是啊。你意下如何呢？』

頭髮還沒乾透就被通訊耳機組壓得扁扁的我茫然發問，天道同學就用即使在螢幕中也毫不褪色的天使般的微笑望過來。

我不經意地用掛在脖子上的浴巾粗魯地擦起腦袋兩側，還忍不住視線游移。

「問我意下如何……呃，這個嘛……呃～……呃……」

腦袋和舌頭都無法靈光運作，講不出話……因為今天是在晚上用視訊通話，情況實在特殊，天道同學在螢幕上穿著睡衣的模樣根本讓我慌個不停。

更何況，還冒出了「雙重約會」這個我絲毫也沒想過會跟自己人生扯上關係的字眼……要藺居的阿宅不心慌也難。

然而，天道同學既然是我的女朋友，似乎也對我這種性子再了解不過，就毫不顧忌地繼續說明。

『講成雙重約會，總覺得非常拘謹耶。簡單來說，就是也邀上原同學跟亞玖璃同學，然後約好四個人一起出去玩啊。』

「聽妳這麼說，感覺倒像平時電玩同好會的延伸活動……」

成員裡沒有千秋而已，做的事情差不了多少。不過……為什麼我的背脊會陣陣發癢呢？

我猶豫了一會兒……還是決定把這種感覺坦白表露給天道同學。

「可、可是…………基本上，會耍格調辦雙重約會的人，妳不覺得最好全部都摔進堆肥裡嗎？」

『不覺得耶！』

天道同學對我偏頗的想法猛烈吐槽……哎，我懂。懂歸懂……不過對於這份觀感，我也無法輕易讓步。

「呃，原本光有另一半就已經讓人覺得『呿，死現充』、『全部炸光光吧』，即使如此，從男女雙方的為人之類來看，勉強還有原諒的餘地不是嗎？」

『不會耶，我原本就沒有對世上的情侶抱持過那樣的惡意！』

「可是，會搞雙重約會這種活動的人……就實在跟為人什麼的扯不上關係，只能第一時間送去做堆肥了嘛。」

『雨野同學，我完全聽不懂你在說什麼耶！』

「簡單來說呢，雙重約會這樣的活動，對我們而言可是重罪中的重罪喔。」

『我們是指誰啊！你不是早就屬於有女朋友的人了嗎！』

「……即使如此……即使如此！我認為還是有不能跨越的那條底線存在！」

『那種意志堅強到讓人想起你拒絕入社的眼神是怎樣！雖然不情願，我都忍不住稍微心動了啦！雨野同學，你真帥耶！』

「天、天道同學……」

『雨野同學……』

甜蜜氣氛瀰漫於我們倆之間。我「呵」地笑了一聲，耍酷告訴她：「掰啦。」並且點擊

切斷通訊的按──

『那麼，雙重約會要選在什麼時候呢？』

「嘖！」

明明是在跟天道同學講話，我卻忍不住咂嘴。她幾乎傻眼了。

『雙、雙重約會有什麼部分讓你那麼不滿意啊？』

「呃……那個……就不說玩笑話了……我覺得有夠難為情的耶。」

我一邊搔臉一邊老實地如此回答以後，天道同學也稍微臉紅了。

『不、不過，要說我對「雙重約會」這個詞的字音不覺得害臊，那就是假的了。還不如說，感覺那比普通約會更加高階呢。』

「對、對嘛！搞不好雙重約會位在比結婚或生產還要高遠的境界耶！」

『不，絕對沒有到那種地步就是了。呃……不過……雨野同學，那你的意思是堅決反對舉辦雙重約會嗎？』

「…………」

天道同學重新提問，使我忍不住轉開目光……身為男人，我當然想滿足她的願望。想歸想，但我還是有我不能讓步的地方。跟我拒絕加入電玩社一樣，在這種時候，就該本著堅定而強大的意志──

——就在此時，猛一看，我發現天道同學……正在畫面上用水汪汪的眼睛往上朝我瞟了過來。

『……無論如何……都不行嗎？』

可愛到凶猛。我回神以後——

「我當然會去啊！雙重約會真是太棒了！」

——就立刻站起來這樣回答了。天道同學頓時擺回笑容說：『是嗎？太好了！』然後流暢地談起疑似她原本就準備好的雙重約會方案。

『那麼，我們週六早上十點在「修比爾王國」的入口前集合。啊，門票方面呢，有我父母靠關係拿到的免費招待券，因此請不用擔心。只有交通與飲食要麻煩各位自費，大致上就是這樣，雨野同學，有沒有什麼問題？』

「……咦？啊，不會，我沒有什麼要問……」

『太好了。那就期待當天嘍。晚安，雨野同學。』

「咦？好、好的，晚安，天道同學……」

通訊頓時別無餘韻地切斷了。

我則是發傻似的朝著電腦畫面望了半晌。

「（這表示……上原同學和天道同學終於要公然地…………）」

呼吸變得急促，頭開始痛了。

「（……感情事太過依賴他人也說不過去……可是……）」

於是，我悄悄地把手伸向擺在旁邊的智慧型手機，正好在這個瞬間。

亞玖璃同學打過來了。

＊

後來隔了一夜，在早晨上學前的家庭餐廳。

「猜不透男朋友的用意，好苦喔……」

亞玖璃同學一就座，就用手肘拄著桌子抱頭苦惱。看來她昨晚似乎睡得不太好，眼睛底下微微冒出了黑眼圈。

至於我……則是對第一次「在早上來家庭餐廳」的氣氛感到興奮，心情雀躍地埋頭讀著少有機會看到的「晨間菜單」。

「亞玖璃同學，亞玖璃同學！原來早上的家庭餐廳，可以用跟平時喝飲料吧差不多的價錢吃到吐司耶！哇，好厲害喔，感覺真成熟！」

「……雨雨，你滿輕鬆的嘛……」

亞玖璃同學幽怨地將死氣沉沉的臉朝我轉過來。

面對這樣的她，我從菜單上抬起臉，用滿面的笑容來回應。

「是啊，我覺得好輕鬆！因為——」

「因為？」

「因為天道同學和上原同學終於宣布，要在我面前公然地『約會』了啊。根本就沒有什麼好煩惱的了，完完全全GAME OVER了嘛！HAHAHA！」

「收回前言，這孩子症狀比人家嚴重多了！店、店員小姐，麻煩來一客早餐！給這孩子準備特別好吃的吐司，還有濃一點的咖啡！十萬火急！」

亞玖璃同學似乎幫忙點了東西。唉，她人真好耶，居然願意請第一次在早上來家庭餐廳的我吃早餐！

我笑吟吟地對亞玖璃同學表示感謝。

「哎呀，可以在最後吃到美味的食物，我真是幸福。」

「『最後』是什麼意思，雨雨！把持住自我！要、要不然你拿手機玩遊戲轉換心情也可以啊！來嘛！」

「那就承妳美意……來玩這款《Girl ◯riend（暫定）》……」

「欸，為什麼要選這種時候玩這種名稱的遊戲！你是在自虐嗎！」

「我沒有那種意思喔。就算是暫定的，要把天道同學當成我的女朋友，現在看來也太不自量力了。」

「你病得太嚴重了吧，雨雨！振作點！你現在也還是天道同學的男朋友喔！」

「亞玖璃同學，妳剛才是不是把『丑角』唸成『男朋友』了？」

「你的被害妄想太誇張了啦！我沒有那樣講你！別讓自己病個不停！」

「沒有不會停的雨（野）……才怪。」

「雨雨，你講的話無聊到令人發毛耶！振作點啦，我是說真的！」

「討厭耶，我好端端的啊。請看我的手機，亞玖璃同學。我一個晚上就在備忘錄寫了這麼多次的『味噌』！」

「好黑暗！尤其是你沒有直接挑『死』或『失戀』之類的字眼來寫這一點！」

「可是味噌好吃啊。」

「好了啦，感覺你的腦袋都沒有在運作耶，雨雨！啊，早餐正好送來了，喝一喝咖啡！把咖啡灌下去！快點，一口氣灌下去！」

「是、是喔。」

亞玖璃同學真奇怪，我明明這麼有精神又冷靜。疲倦的反而是她吧。再說味噌好吃啊。

我照著亞玖璃同學的建議拿咖啡喝，然後咬了一口吐司。

…………於是，不知道為什麼有一絲哀傷的情緒頓時湧上來了。

「……唉。天道同學居然想跟上原同學出外同遊……真讓人沮喪耶。」

「很好！太好了，雨雨，你提起精神了！」

「什、什麼？呃，可是我現在非常沮喪耶……」

「對啊，還好你連情緒都回歸正常的領域了！」

「是、是喔……」

搞不懂她這個人。不過，或許是吐司和咖啡深深沁入體內的關係，確實有種不可思議的「甦醒」感。是啊，早餐真厲害。

當我有精神大口嚼吐司以後，亞玖璃同學就像媽媽一樣溫馨地朝我看了過來。

「……哎，只要雨雨有精神，人家就滿足了……」

「搞什麼啊，噁心。可不可以麻煩妳別管我管太多？」

「叛逆期來了！因為關係太深，這孩子終於連叛逆期都出現了！」

「哈哈哈，我開玩笑的……呃，那個，非常謝謝妳，亞玖璃同學。」

我搔著臉道謝，她便回答：「真是的……」並且傻眼似的在桌上托腮嘆氣。

亞玖璃同學擅自拿走我的半塊吐司，然後慢吞吞地張嘴咬下。

「不過，多虧有你，人家也變得多少有精神一點了，彼此彼此嘍……雨雨，難不成你是故意打著這種主意——」

「亞玖璃同學，亞玖璃同學！目前這種狀況……跟女生在家庭餐廳吃完早餐才上學，像我這樣的高中生，即使在現充界也算非常高等級的吧！是吧！是吧！」

「——看來是沒有。」

亞玖璃同學看似傻眼，又好似安心一樣，依然用母親般的笑容對著我……儘管我感謝她的溫情，不過被年紀相仿的人這樣對待還是有點悶。哎，雖然那些情緒在享用早餐的幸福感面前一下子就雲消霧散了。

我純真地高興個不停，亞玖璃同學便「嗯……」地繼續說：

「其實人家或許也是第一次……在早上來家庭餐廳。」

「咦，是喔？滿意外的耶。我還以為妳打從骨子裡就把家庭餐廳當公車在利用。」

「雨雨，你剛才是不是隨口講了很惡毒的話？……不過，我確實去過很多間家庭餐廳，卻沒有特地在早上來過就是了。」

亞玖璃同學說著又把我那盤早餐拉過去，毫不猶豫地吃起兩顆荷包蛋其中之一。如今我也不會介意這種事了，彼此的距離早就跟家人有點類似。

我一面啜飲咖啡，一面茫然地望著窗外那些上班族。

「跟妳在一起，依舊有好多初次體驗到的事情耶。」

「那是人家要說的台詞喔，雨雨。人家跟祐都沒有這樣做過呢。」

「啊，說起來男女在早上一起喝咖啡，感覺就像……」

「對耶對耶，的確喔。有九零年代偶像歌曲中那種老掉牙的情侶調調——」

亞玖璃同學說到這裡就把話打住，還把餐叉先擱到盤子上。我也默默地把咖啡放回杯墊上。

「…………」

「…………」

沉默就這樣橫越在我們倆之間……長達十幾秒。

我們奮然睜大眼睛，用目光互相鎖定，並且怪罪似的以全力朝彼此大吼！

「「問題不就出在這裡嗎！」」

我們倆用手使勁地撐在桌上，餐具隨之搖晃。店裡在早晨的喧囂籠罩下並沒有引起太大注意，不過隔壁座位的人還是朝我們瞄了一眼。

我們向對方行禮致意以後，又一邊節制音量一邊繼續用重語氣交談。

「為什麼我會不小心跟妳有這麼多的初體驗啊！」

「那是人家的台詞啦，雨雨！你要奪走人家多少的初體驗才滿意——」

話講到這裡，隔壁座位的上班族就連咳帶嗆地噎到了。

我們進一步壓低音量，改用前傾的姿勢把臉貼近。

「感覺天道同學最近三不五時就會懷疑我跟妳的關係耶，請妳別這樣好不好！仔細一想，我們怎麼一大早就兩個人偷偷摸摸地聚在一起吃早餐啊！」

「好巧喔，雨雨，人家正好也在為這一點感到後悔！你怎麼若無其事地就做了人家跟祐都沒做過的事情！有女朋友還對其他女生隨傳隨到，真是難以相信！」

「話、話說得好聽，假如妳想找我，我卻沒有理妳，到頭來妳也會發飆吧！這表示我根本就沒有選擇啊！這是不可抗力！」

「可是雨雨，你不是有『人生就是要自尋死路』的特質嗎？」

「才沒有！妳那是什麼亂七八糟的印象！我的人生還是有希望以及發展空間的啦！」

「比如在ＢＬ方面？」

「感覺確實有些空間可以發展就是了！我不是指那個，從正常觀點來想啦！正常來講，我在女性關係方面還是有……」

我一這麼說，亞玖璃同學就用莫名警戒的眼神瞪我，還緊緊地摟住自己的身體。

「雨雨，你很色耶。」

「…………？…………………啊，我懂了，亞玖璃同學，妳剛才以為我在看待我們的關係時，會期望有色色的發展空間……這樣解讀妳的耍寶動作ＯＫ嗎？」

「人家的耍寶動作有難懂到需要那樣解說嗎！哎哎哎……在你心目中，人家未免也太不被當成女人看待了，真令人吃驚耶。」

「我倒要問，妳有把我當男人──」

我正想如此反問，亞玖璃同學就在書包裡東摸西摸。

「奇怪～～啊，對了對了，人家剛才在這裡上洗手間時把化妝包忘了。嗯……不好意思喔，雨雨，你能不能幫忙拿一下？」

亞玖璃同學忽然要我跑腿，我險些從座位上反射性起身。

「好，我馬上去……欸，妳幹嘛設計我！差點就鬧到叫警察了啦！」

「咦？……………啊，對喔，雨雨不能進女生洗手間嘛！」

「現在我很了解妳是怎麼看我的了！」

總之，這樣就證明我跟亞玖璃同學身為男與女，對彼此真的沒有任何感覺了。

我們互相凝視彼此的臉，並且同時嘆息。

「像我們這樣連半點外遇要素都沒有的關係，也算難得一見耶……」

「對呀。所以要留意本身的行為反而有困難也說不定……」

原來如此。或許就像亞玖璃同學說的那樣。彼此太沒有把男女意識放在心上，就會出現無法立刻想通「跟異性這樣做不好吧」的狀況。

比方說，假如對方是星之守姊妹，我平時多少就會注意一點。雖然我並不是對她們兩個「有意思」，但起碼還是會把她們當「女生」看待。至少我絕不會隨便跟她們有肢體接觸。

可是……如果換成亞玖璃同學，因為從認識到現在就一直持續用「真心話」互相商量，我們甚至都把彼此當「家人」了。

面對這樣的伙伴，自然不會冒出「這樣做或許算外遇」的警戒心。好比我跟弟弟在自己房間獨處也不會有任何想法一樣。

可是……正因如此。

亞玖璃同學語帶嘆息地嘀咕：

「人家……大概就是錯在這裡吧。」

「亞玖璃同學……」

看來她似乎跟我一樣，也把這次的雙重約會看成相當於宣告「GAME OVER」的活動。

這也難怪。畢竟……一般想跟男女朋友出去玩，只要單獨約會就行了。雙重約會這種事……頂多只有要單獨出遊還會尷尬的情侶，否則就是兩對情侶間有深度交流，反而完全變成「要好的小圈圈」才會想出這種主意吧。

可是，以我們的情況來說……兩邊都已經約會過一次以上了。更何況，要說到兩對情侶之間有沒有那麼要好，又不是那麼回事。尤其是天道同學跟亞玖璃同學，她們都還處於會彼此介意的關係。

換句話說，上原同學跟天道同學在這種情況下特地提議要「雙重約會」，可見他們肯定是有相當用意的。

至於背後的用意是什麼……從情況思量便一目了然。

這表示……

「很明顯地……天道同學是想找上原同學，上原同學則想找天道同學公然在遊樂園玩，才會提議要雙重約會……對不對？」

「…………」

我講出結論以後，亞玖璃同學就默默低頭，用餐叉的前端在盤子上戳來戳去。

而我也自嘲般一面發出乾笑聲，一面望著零星掉在桌上的麵包屑。

「……如果要正視天道同學……正視另一半的幸福，我們差不多也該毅然地承認事實，然後主動抽身了吧？」

「…………」

亞玖璃同學聽完我所說的話……就默默地開始戳起我的荷包蛋了。然而，這次我實在連抱怨都講不出來。

……以往我……不對，以往我們隱約察覺另一半是把好感放在誰身上，心裡卻認為：「即使如此，也只能靠自己努力爭取回來！」說好聽點，就是用「正面」的想法來騙自己。

可是……假如天道同學真的與上原同學相愛，那樣做也只會干擾他們的幸福。

當他們倆對彼此的情意還停留在「有嫌疑」的階段也就罷了，可是……既然這次他們已經用行動表現出來，我們就得覺悟才行。

覺悟這段戀情的結束。

……這時候，亞玖璃同學稍微施力，用餐叉戳了荷包蛋中心的蛋黃。

「……雨雨，那樣你就滿足了嗎？」

亞玖璃同學用認真的眼神正面朝我看來。我定睛回望，並且用力握起擱在桌上的拳頭。

「像那樣……我才不可能滿足啊。可是，我們也無可奈何不是嗎？既然事情都發展到這個地步了，那就……」

「你想叫我放棄掙扎？為了他們兩個人？」

「……這……」

我不禁語塞。被明確地化為言語以後，果真很沉重，胸口苦悶得一點辦法都沒有。我不曉得像我這樣夠不夠格用「失戀」這種誇張的字眼……可是，想起跟天道同學之間著實開心的對話與約會景象，眼淚似乎就快要莫名湧上了。

我拚命咬住嘴唇，於是……亞玖璃同學便用十分溫柔的語氣開口了。

「要說的話……心上人的戀情固然重要，可是，人家的感情……人家和雨雨對他們兩個人所放的感情即使多得到一點尊重，感覺也不至於遭天譴啊。」

「……妳這是……什麼意思？」

我抬起臉，就意外發現亞玖璃同學對著我笑咪咪的……這個人真是堅強。

「假如那兩個人明確講出：『因為有喜歡的人了，所以分手吧。』那我們要是還死纏爛打，人家也覺得說不過去啊。不過……目前還沒有那樣。既然如此，就算已經輸了九成九，人家覺得自己還是有權再努力一下。」

她的話……讓我覺得胸口點起了一絲火光。

「即使在九局下半兩人出局差十分，還是有權掙扎……有權相信能逆轉而繼續揮棒，妳是這個意思嗎？」

「嗯，就是這樣。然後呢，假如全力揮棒被三振，人家覺得就算輸掉了……多少也會完結得比較痛快吧？」

「亞玖璃同學……」

她的笑容扎進了我的心……這個人果然厲害。厲害過頭，甚至有點炫目……有她當我的商量對象，實在太好了。

而且這恐怕是我打從心裡尊敬的人所給的最後一次建議。

我總不能不聽吧？

我用手背使勁擦掉眼角開始冒出的淚水，然後不服輸地對亞玖璃同學回以笑容。

「我明白了！這次的雙重約會……我也會試著用全力掙扎看看！」

「說得好！雨雨，這樣才像你喔！乖乖乖～」

亞玖璃挺出身子，粗魯地摸了摸我的頭。

頭髮被亂撥一陣以後，我開口問：「話說……」

「即使說要掙扎求逆轉，具體而言，妳打算做什麼呢？在雙重約會當天，我們兩個能做的事情根本就……」

「呵……雨雨，你是認真這樣問的嗎？」

亞玖璃同學一邊舉起用餐叉扠起來的荷包蛋，一邊回答我的問題。

啊，那是我的份耶……

「接下來，能讓我們一口氣逆轉的方法，那當然……就只有一種了吧？」

「只有一種？那到底…………欸，我的荷包蛋！」

一瞬間，她張開大嘴把荷包蛋一舉塞進去，馬虎地嚼了幾口……最後再拿我的咖啡猛灌，然後把杯子「砰」一聲砸在桌上，並且大喊：

「讓生米煮成熟飯啊，只能這樣了吧！」

星之守千秋

「是喔，在這個週末，由我們姊妹倆一起到遊樂園……探勘嗎？」

「沒錯！」

我停下製作免費遊戲的手一回頭，就發現在自己床上，剛洗完澡的心春正用圍在脖子上的浴巾擦拭溼答答的頭髮，並且露出微笑。

「姊，反正妳閒著沒事吧？」

「不……不不不，心春，我說過很多次了，基本上我的假日都排滿了『玩遊戲』或『製作遊戲』的行程……」

「？表示妳閒著嘛。」

「…………不懂室內休閒的人就是這樣……」

我氣悶地噘起嘴，心春就笑著說「抱歉、抱歉」並且蹺了腿。家居短褲底下稍微露出了底褲。

「…………」

唔，那種像小惡魔一般，連姊姊都會有些心動的舉動是怎樣？我依然強烈地覺得自己的妹妹身上有種跟認真氣質不協調的奇特「嫵媚感」。不可思議。非常不可思議。

心春語帶嘆息地繼續談下去。

「……不過，我也可以理解想把時間花在室內休閒的心情就是了。」

「騙人。心春，妳對室內休閒的興趣才沒有像我這麼深吧？」

「不會啊，像我在假日也會玩情色——……哎、哎呀，我的興趣確實沒那麼深啦……」

心春不知道為什麼一度轉開視線，然後才說：「總、總之呢——」重啟話題。

「實際上，『玩遊戲』和『製作遊戲』都可以改天吧？可是，我今天從學生會幹部那裡拿到的『「修比爾王國」免費招待六連券』期限只有兩週，優先度自然高於室內休閒吧？」

「或許……話是這麼說沒錯。」

妹妹講話依然有條有理，讓我吭不出聲音。即使如此，我還是想反駁些什麼，就不肯罷

休地繼續說：「可、可是——」

「我懂妳的意思了，不過應該也沒有必要姊妹一起去吧？心春，妳可以跟朋友……對了，妳跟碧陽的學生會幹部一起去不就好了嗎？」

我認真提議，心春卻無奈地搖了搖頭。

「跟碧陽學園學生會的美少女成員約會……在《學生會的一存》就已經玩夠本的劇情，到了這年頭還有誰想看啊？」

「心、心春，妳現在是在嗆誰？」

「那種橋段已經沒戲唱了啦。在『約會』的名義下，靠個別的搞笑對話&發展後宮混一堆頁數……感覺就是三流輕小說作家才會寫的遊樂園無聊老套劇情，連我都嫌膩了喔！」

「嗯，所以我問妳喔，心春，妳現在這樣開嗆到底有什麼好處？妳說嘛！」

「不過像這種時候，就可以讓『姊妹到遊樂園探勘』這種新穎又樸素到極點，而且不知道能討好誰的劇情亮相喔。」

「抱歉，心春。這樣的話……連我這個基本上最討厭賣萌的姊姊都覺得以娛樂來說，三流輕小說作家寫的後宮遊樂園劇情會比較像樣耶！」

「不不不，姊，妳不懂啦。在這個業界，不推出足以被當成怪胎的特色可不行喔。換句話說，要讓創作者隨意發揮才是真理。」

「哎呀，妹妹啊，妳講話居然變得像性子彆扭至極的輕小說作家了。」

「呃，我可不想被性子早就彆扭到不行的〈ＮＯＢＥ〉這麼說……」

「唔……那、那又不是我故意的……！」

「……話說，姊，差不多可以脫離耍寶的對話，然後認真說明了嗎？」

「妳講得簡直像是我主動找妳耍寶！」

當我變得啞口無言，心春就吸了一口放在床邊的盒裝牛奶，然後輕咳一聲重啟話題。

「實際上，我也不想把寶貴的假日跟陰沉的姊姊浪費在遊樂園啊。」

「心春，難不成妳最近養成朝全方位開砲的興趣了？」

「啊，對不起，我講的陰沉是別的意思啦。妳想嘛……就是……………呃，我最喜歡妳了喔，姊。」

「妳那是什麼補刀的新招數！」

「不講那些了啦，陰沉姊。」

「我跟妳沒有什麼話好說了！」

「不然讓妳玩五分鐘遊戲好了。」

「妳討歡心的方式未免太馬虎了吧！假如妳以為玩個遊戲就能讓電玩咖滿意，那可就大錯特錯——啊，手機有遊戲回滿精力的通知！心春，等我一下喔。」

大約五分鐘後。

「哎呀～～遊戲真是棒呢，心春！那我們剛才是說到要一起去遊樂園玩嗎？哇～～好期待耶！」

「心情竟然可以好轉到這種地步，連我都嚇到了！姊，電玩對妳來說是不是已經跟毒品一樣了！」

「只、只要我想戒，隨時都戒得掉喔！沒錯！」

「完全就是那種人會講的話！算、算了。我們繼續談吧。」

心春清了清嗓，然後重新說道：

「就像一開始提到的，我這一次找姊姊去，終究只是為了替『正式上場』擬定計畫所做的『探勘』喔。」

「正式上場？妳到底在講什麼……」

我一偏頭，心春就挺起豐滿的胸脯大大方方地宣布：

「當然是看準了我要跟雨野學長『正式』約會，才要先『探勘』啊。」

「啥……」

太出乎意料的回答讓我無言以對，心春就在床上換邊蹺腳，還用帶有挑釁味道的眼光朝我看過來。

「我跟姊姊妳們不同，絲毫沒有要錯失機會或白白錯過彼此的意思。我對打定主意的事情就會一直線猛衝。」

「咦？心、心春……妳喜歡景太嗎？」

我心裡七上八下地問。心春聽完我的問題……先前的強烈意志卻不知道去了哪裡，答起話來散散漫漫。

「誰曉得呢？我也不太清楚。」

「咦？」

「畢竟我又沒有在現實中戀愛的經驗。」

彷彿經歷過非現實戀愛的口氣……簡直像玩過戀愛模擬遊戲那樣呢……呃，總不會吧。心春不可能碰那些啦。

我感到有些混亂地反問：

「不然，妳怎麼會想跟景太約會……」

「姊，這是傻問題耶。當然是因為……我對他有興趣啊。」

「有興趣……妳對景太？」

「是啊。」

「……嗯，妳有學術上的興趣，想知道要透過什麼樣的飲食生活才能養出那種瘦得活像豆芽菜的矮冬瓜嗎？」

「姊，妳把我跟學長想成什麼樣的人了啊？既然說是興趣……我想到了，生物學上對於肉體的興趣……不是啦，呃～～當然就是指性格方面嘍。」

心春又一邊稍微別開目光一邊回答我……性格方面啊…………嗯——

我忍不住交抱雙臂。

「心春，我一直感到疑問就是了……景太跟妳那麼有交集嗎？扯到〈ＮＯＢＥ〉的真實身分還有上原同學的告白問題，你們倆確實多少會講到一些話……可是感覺並沒有那麼深的心靈交流啊……」

面對我的疑問，心春依然把視線朝向旁邊，一面煩惱一面做出回應。

「我、我跟學長嘛……對、對了。該怎麼說呢……我們在靈魂深處有相通的地方……」

「靈……靈魂？呃，類似前世因緣之類的嗎？」

「差、差不多，我們對前世（情色遊戲）好像有許多共通的記憶……」

「世……世界觀突然變得好靈異耶！自己的妹妹居然會有這麼不可思議的體驗，我都不知道！那妳一定要好好說清楚！」

「我、我想這種事情不能跟人說耶……真的。」

「嗯，跟前世有關的話題確實很敏感。呃……總之就是妳對景太莫名感到在意，這樣理解行嗎？」

「可、可以喔！ＯＫＯＫ！」

心春似乎帶著「得救了」的臉色前傾表示肯定……難道說，她那麼不想被深究跟前世有關的話題嗎？

我尊重心春的想法，就不跟她追究前世的事情了，不過我提出了新的疑問。

「可是，只因為『在意』就跟景太約會……」

「……姊，妳就是這樣才都沒有改變……」

我問微微低著頭嘀咕的心春：「什麼意思？」

心春緩緩地抬起臉以後……就變得跟談到前世時完全不一樣，對我露出了充滿某種把握的笑容。

「我才不會呆呆地等著讓自己『墜入情網』呢。我的戀情……要由我自己來培育。」

「……心春……」

妹妹的氣勢讓我不由得折服。

我回不了任何話，心春就微微瞇起眼告訴我：

「不過，這次出門可以『探勘』的人也未必只有我吧？姊，妳說對不對？」

「…………」

「好啦，我說完了。」

心春從床上起身，然後直接走向門口，只說了一句「姊，晚安」就準備離開房間……

我對她低聲咕噥：

「我要去……」

「咦？姊，妳說什麼？」

心春明明有聽見才對，卻還是壞心地反問我。

而我……我奮然抬起變得有點紅的臉，然後在胸前緊緊握拳，用帶有決心的眼神向她宣布：

「我……我也要去遊樂園『探勘』，拜託妳了！」

天道花憐

修比爾王國。

位於郊區中的郊區，要搭巴士在田園風光中奔馳超過三十分鐘才到得了那塊偏僻的地方，不過占地也就相對廣闊，屬於「世界觀」營造得非常強烈的主題遊樂園。

園內主要是仿照中世紀德國重現街景，會讓電玩咖覺得像是「出現於ＲＰＧ劇情中期的城鎮」。儘管完成度絕不如某老鼠先生的樂園，娛樂色彩也沒有某環球的影城濃厚，但正因如此便帶有某種恬靜，在週末是相當受家庭遊客喜愛的「本地遊樂園」。

那就是這座「修比爾王國」。

所以坦白講，遊樂設施的數量既少又舊，而且陽春，要說這地方一點也不迎合青少年也可以就是了……

然而——

「「萬歲！『修比爾王國』！」」

我跟雨野同學剛踏進園區一步，就把雙手高高舉起，兩個人眼裡都散發出純真無比的光彩，開始欣賞街景。

「啊～～來幾次都覺得好棒呢，這種樸素的中期城鎮感！」

「是啊，真的來幾次都覺得好棒呢，這種樸素的中期城鎮感！」

「不不不，人家完全不懂你們在興奮什麼耶。」

亞玖璃同學從情緒高昂的我們兩個背後緩緩走來，傻眼地一面瞟著我們一面嘀咕。這時候，走在她旁邊的上原同學就語帶苦笑地幫忙勸了幾句。

「不過，對喜歡ＲＰＧ的人來說，這座主題樂園的街景是滿難抗拒的啦。」

「……就算這樣，為什麼他們兩個要把樸素跟中期掛在嘴邊呢？」

「呃……即使說有ＲＰＧ的味道，確實不像末期會走訪的大都市，反過來說也不像開頭行經的鄉下村莊……怎麼說咧，這裡真的挺像中期會出現的那種城市。」

對於上原同學的說明，我和雨野同學異口同聲地贊同：「「沒錯！」」

「不過正因為這樣，才能呈現出這種『拿捏得剛剛好』的半吊子感！」

「就是啊！酷似中期城鎮，才會有這樣的完成度！沒有挑戰蓋出遊戲末期那種正式又雄偉的城堡，反而就是它的好！」

「對呀！雨野同學果然識貨呢！」

「不不不，天道同學才是呢！妳懂這種興奮嗎！」

「嗯！」

於是，我們這對情侶牢牢握了手。亞玖璃同學用更加傻眼的臉色望著我們，向旁邊的上原同學要求說明。

「呃……祐，你也懂他們那種莫名其妙的情緒嗎？」

「不要緊，即使讓會玩遊戲的我來看，也覺得這對宅情侶挺噁的。」

「是喔，那人家放心了。那對情侶感覺就傻傻的嘛。」

「是啊，他們傻傻的。」

雖然他們講話似乎很沒禮貌，我和雨野同學卻始終不介意。畢竟這裡對電玩咖來說……算得上夢幻的空間！

雨野同學感慨深刻似的咕噥：

「哎呀……正因為最近ＶＲ當道，這種即使廉價也還是真材實料的感覺，我會希望繼續珍惜下去呢，天道同學。」

「對極了，雨野同學。來，你看那邊，那座石像微妙地沒經過保養的感覺！好寫實好棒喔……」

「正是如此呢……」

「祐，人家好想立刻跟那一對分開來行動耶！」

「冷靜點，亞玖璃！雖然我懂妳的心情！深切理解！不過要是一入園就解散，與其稱為雙重約會，還不如說我們只是單純搭同一班巴士的熟人！」

另一對情侶似乎正在背後爭執些什麼。我和雨野同學看向彼此的臉，然後無奈地打住陶醉的情緒，十分傻眼地轉向那兩個人。

「「你們一下子就吵架了嗎？」」

「「誰害的啊！」」

那兩個人惱火似的看向我們。受不了，居然嫉妒感情好的情侶，真難看。

我跟雨野同學成熟地用和氣的笑容應對以後，便說：「我們走吧。」然後就陪著上原同學、亞玖璃同學那一對走向園裡的遊樂設施。

我穿越入口前的廣場，並且瞄向後頭的上原同學。於是，儘管上原同學和亞玖璃同學聊得正熱絡，還是朝我微微地點頭回應了。我同樣點頭予以回應。

「（到目前都算順利呢。）」

雖然約會才剛開始，但我們原本就有做什麼事情都不順的傾向。光是雙重約會能像這樣毫不耽擱地開始，就已經是十分值得慶幸的狀況了。

我用手遮陽光，仰望天空。晴朗無雲，同時又有秋風帶來舒適涼意，沒有比這更適合約會的天氣。

我偷看雨野同學走在旁邊的模樣。原本不太有意願受邀參加雙重約會的他，現在也對我笑得毫無牽掛。另外，從入園以後就興致偏低而不停吐槽的亞玖璃同學，好像也絕非真的不開心。證據在於，她現在就跟上原同學閒聊甚歡。

事情進展順利，我忍不住獨自握拳叫好。

「（居然都照著我跟上原同學的盤算……今天是不是走運了呢？）」

坦白講，我跟上原同學都抱著「不會順利的前提」在策劃這場雙重約會，因此也並非全無預期落空的部分。

「（下雨還算小意思，從只有我跟亞玖璃同學到場的超尷尬場面乃至於「上原同學意外身亡」，明明所有糟糕的狀況我們都有設想過……）」

結果揭曉是天公作美，雙重約會和樂融融。明明活動才剛開始，也難怪我跟上原同學就已經莫名滿足了。

不過，接下來才是重頭戲。

我要把狀況推向下一個階段。

「那麼，關於遊樂設施呢，實際上數量不算多，而且每項設施幾乎都不需要花時間排隊，我是打算沿路按順序來玩，你們覺得如何？」

我順勢提議，儘管雨野同學和亞玖璃同學一瞬間愣住了……不過他們似乎也沒有什麼反對的理由，便贊同地說：「「感覺是可以啦……」」

「謝謝。那我們趕快去玩吧！」

我笑著如此回應，然後在下個瞬間，我便擠出一絲勇氣握了雨野同學的手。

「唔咿……！」

雨野同學發出怪聲，還冒了些手汗，然而他並沒有把我甩開，還用力回握我的手……他依然怪有男子氣概的呢。我不行了，我好喜歡他。

背後的上原同學和亞玖璃同學那一對也照預定開始牽手了。但他們兩個與我們不同，顯得相當熟練。雖然以交往半年的情侶來說，感覺多少散發著莫名的緊張氣息，不過還不到我們這種地步。

趁雨野同學和亞玖璃同學各自把心思放在牽著的手時，我跟上原同學互相用目光交流。

「（到目前都很順利……上原同學，我要就這樣硬衝了喔……！）」

「（哼，我也不會輸給妳，天道。接下來，我們就某方面而言也是在比賽！看彼此要如何發揮身為男人、身為女人的魅力……！）」

我接收到上原同學的想法，便回想著與他舉行的作戰會議，並含笑點頭。

「（說得對。畢竟我們的目的就是……）」

「（對啊，我們的目的就是……）」

就在這時候，我們用銳利的目光……狠狠地看向各自的伴侶！

「「（在今天的約會中——讓對方完全出於主動地朝我們貼過來！）」」

＊

我跟上原同學慢慢對各自交往的對象抱有的危機感。

——他，還有她，真的對我們有好感嗎？

當然，以往我跟上原同學都有聽各自的伴侶說過「喜歡」這句話。那也是讓我們內心獲益良多的回憶。

但是，話語終究只是話語，面對雨野同學及亞玖璃同學非比尋常的距離感，無論如何都會變得空洞，失去光芒和說服力。

正因如此，目前我們殷切想要的東西——

不求別的，就是生米煮成熟飯的「既成事實」，身為男女朋友的證明。

而且，我們不要普通的既成事實。

我們要的是完全出於對方主動「要求」的既成事實。

即使把我們多而有餘的心意推給另一半，也證明不了什麼。

不過倘若對方……以我的情況來講，就是雨野同學願意對我有所行動——

再沒有比這更能帶來自信的了。

再沒有比這更能消解不安的證明了。

……但就算這樣，我跟上原同學都沒有「被動以對」的意思。

我們打算盡可能展現魅力，好讓對方主動求愛。

話雖如此……假如只是沒頭沒腦地想要誘惑另一半，反覆單獨約會的效率應該比較好。

然而，這次我們想要的，是明確由對方主動採取的「行動」。

很遺憾的是……我跟上原同學各自的伴侶都完完全全屬於「內向」那一型。

關於雨野同學自然不用多提，而亞玖璃同學……乍看貌似輕佻，不過從她半年來跟男朋友其實毫無進展這一點來看，本質顯然是個「純情女」。

對於這種人，要在一兩次普通約會中逼她「貼過來」是難上加難。

不過另一方面，雨野同學和亞玖璃同學就各方面而言都是「該出手時就會出手」的人，這亦屬事實。從雨野同學拒絕入社，還有亞玖璃同學替他緩頰等行為來看就顯而易見，這兩個人對於「自己當下該做的事」都具備一旦篤定就會毫不猶豫實行的勇氣。

既然如此，事情就簡單了。

我們可以靠雙重約會……而不是普通的約會，來刻意管控「男女獨處」的時機。

先對另一半誘惑誘惑再誘惑……然而有旁人的目光就不能放膽耍甜蜜……吊足對方胃口以後，再給予「來吧，就是現在！」的明確機會，安排「男女獨處」的時間。而且時間稍縱即逝。

如此一來……雨野同學和亞玖璃同學自然會行動才對。

沒錯。

那兩個人應該會向我們求愛。倒不如說，就是要那樣才像情侶啊。

於是我和上原同學就以這座「修比爾王國」為舞台，朝彼此的交往對象展開攻勢……老實講，儘管害羞又有些臉紅，但我們還是不停發動猛烈的「費洛蒙攻擊」。

走在園內，我會腳步不穩而「啊」的一聲靠向雨野同學。

四個人一起吃霜淇淋，上原同學就若無其事地用大拇指幫亞玖璃同學擦掉嘴唇旁邊沾到的霜淇淋。

搭雲霄飛車時，其實根本就不怕的我還摟住了雨野同學的手臂。

中午休息時，儘管上原同學豁出去對亞玖璃同學「壁咚」，卻完全錯失時機，導致旁人忍不住偷笑而讓氣氛變尷尬。

於是，來到第一次的「機會點」，也就是每對情侶分別搭摩天輪的時候。

我講出了「人、人家怕高～～」這種實在不符形象的台詞，回答「這、這樣喔」的雨野同學則不知該做何反應，氣氛變得讓人坐也坐不住。

至於上原同學那邊，據說他在打算坐到亞玖璃同學旁邊時失去平衡，意外促成第二次的「壁咚」狀態，兩個人同樣陷入坐也坐不住的氣氛。

以結果而言，在摩天輪上的行動雙雙以失敗告終……可是，我跟上原同學的鬥志仍然沒有燃燒殆盡。

因為在這座「修比爾王國」中，還有比摩天輪更能提供「機會」，甚至供情侶專用的絕妙遊樂設施。

它名叫——

星之守千秋

「妳是說……羈絆迷宮嗎？」

「對。」

心春在休憩用的長椅上攤開園內地圖，看似開心地點頭。

我則一邊用蘇打替疲倦的身體補充糖分，一邊茫然地仰望中午過後的天空。

「（……好累……）」

從早上依序試玩遊樂園的遊樂設施，為了「驗證是否能用於約會」，有的還反覆搭了兩

三次，午餐也為了「品嚐比較」而點了一大堆東西，實在沒有發揮到休息的功用，因此本來就繭居在家而缺乏體力的我現在已經累壞了。

我看向旁邊的妹妹。她穿著以姊姊的眼光來看會覺得稍嫌暴露，疑似替約會準備的時髦便服。不過與女性化的外表呈對比，右手拿了吉拿棒的她正充滿男人味地一邊大口猛啃，一邊說著：「真難吃。」……那種活力到底是從哪裡冒出來的啊？

至今肚子仍被午餐塞得飽飽的我看不下去，忍不住洩氣地低下頭。一瞬間，我看見自己的白色大腿而受了驚嚇。

「（啊，對喔。今天心春硬塞了衣服給我，連我也穿得格外大膽……）」

我心想裙子能不能變長一點，就不禁抓著裙襬往下拽。於是，心春凶巴巴地側眼瞪了過來，我只好一面回以苦笑，一面把心思放到其他地方。

「呃，那個那個，所以說所以說……那個……對了！羈、羈絆迷宮是什麼樣的遊樂設施啊？」

「對對對，這個問題問得好。」

我妹妹將剩下的吉拿棒塞到嘴裡以後，把園內地圖摺好，並且將那座「羈絆迷宮」的概要說明亮給我看。

在我收下那張地圖的同時，心春便開始解說。

「如同上面記載的，羈絆迷宮是由兩人一組來闖關的探索型遊樂設施。」

「是喔，類似鬼屋嗎？那樣的話我會怕……」

參考圖片的地方有刊出男女兩人走在昏暗處的情景，因此我直接聯想到恐怖遊樂設施而臉色發青。雖然我也會製作恐怖調性的遊戲，自己卻怕這類嚇人的花樣……

然而，心春對此予以否定了。

「嗯～～我想不太一樣耶。會走在暗得看不清腳邊的地方沒錯，不過與其說目的在體驗恐怖，感覺比較像是為了增進兩人關係的演出效果之一。」

「意思是？」

「來，仔細看圖片。這對情侶有戴耳機對吧？」

「對耶，確實有。」

聽心春一說，我才看出圖片裡的情侶似乎帶著中間有「G」字標誌微微發亮的耳機組。

她繼續為我說明。

「據說這是完全隔音的耳機喔。」

「咦？進到昏暗又視野不良的環境裡，還要在隔音狀態下走路嗎？」

「那正是重點所在啊，姊。」

心春挺起胸脯，自信得簡直像這座遊樂設施就是她設計的。

「這樣一來，兩個人能依靠的就只有觸覺……還有手牽在一起的溫暖了吧？」

「啊，我懂了我懂了。那還真是適合情侶玩的遊樂設施呢。」

我毫無邪念地出聲感嘆，心春就傻眼地望了過來。

「……姊，妳現在是不是完全當成別人家的事在聽啊？」

「什麼？可是，就算妳這麼說，那種現充專用的遊樂設施也跟我扯不上關係才對……」

「妳要不要想像看看，自己跟雨野學長兩個人進去的情況？」

「咦──」

一瞬間，想像力豐富的我立刻在腦子裡展開妄想。

我，還有景太，於黑暗當中，彼此牽手，兩個人一起以闖出迷宮為目標……

「……心春，姊姊剛才好像領悟到『幸福』的真諦了。」

「這個姊姊最近太不掩飾愛慕之情了吧。」

「啊，可、可是我對景太才沒有什麼感覺喔！所以我完全不會想跟他一起去羈絆迷宮，不過心春，假如妳想用那種方式故意整姊姊，我倒不排斥現在先跟妳拿下週要用的遊樂園免費招待券……」

「這個姊姊怎麼會從傲嬌跑進『怕包子』（註：故意說反話的傳統相聲段子）的領域啊？煩到這種程度，我都不想把招待券給妳了。」

「……咦……這、這樣啊…………………嗚嗚…………唉…………」

「給、給妳！姊，招待券給妳！對不起啦！」

「咦，這樣可以嗎，心春？……呵呵…………反、反正我絕對不會跟景太約會，不過要是妹妹無論如何都想叫我去——」

「怎麼辦，誇張到這種地步反而讓人覺得這個姊姊好可愛了。」

這時候，心春突然把我緊緊抱到懷裡。經過廣場的人們開始用異樣的眼光看過來。

「心、心春！這樣很丟臉啦！不、不要這樣！」

「姊，對不起，我現在有點慾火焚身。」

「妳在自白什麼！心春！欸，要是被熟人看到我們這樣……！」

「啊哈哈，姊姊好愛擔心耶。雖然你們動不動就會碰到很扯的事情，可是一般來講，才不會在最不巧的時間點遇見最不該遇見的人啦——」

「千秋跟……心春同學？」

「「呼咦？」」

突然有人出聲搭話，我們姊妹倆一邊維持百合朵朵開的姿勢，一邊把臉轉過去。

結果，待在那裡的是似乎想跟我們打招呼才走過來，手伸到一半就陷入抽搐狀態的少年——雨野景太。

而且在他背後，還有天道同學、上原同學、亞玖璃同學……差不多就是「萬萬不能看見這一幕的夢幻陣容」。

「「…………」」

氣氛當場結凍。當我跟心春都僵住動不了時……夢幻陣容的成員們便動作生硬地看了彼此的臉，然後所有人一起帶著笑容吐出同樣的台詞。

「「請、請慢慢享受～～……」」

「「等一下！」」

我們兩個拚命攔住想匆匆離開的那些人以後，就勢如怒濤地開始解釋事情原委。

雨野景太

「嗯，姊……姊妹之間感情好，我覺得是好事喔，千秋。」

「我、我說過是誤會了啦，景太！你有聽我講話嗎！」

後來大約過了十分鐘。我們把地方換到有成排自動販賣機的休息區，和不期而遇的星之守姊妹開心地聊著天。

當我被迫聽千秋辯解時，心春同學就在背後跟初次見面的上原同學、亞玖璃同學等人打完招呼了。可是……

「呃……心春學妹？」

「…………」

「……呃……那個……我有對妳……做出過什麼怠慢的行為嗎……？」

「欸，渣原學長，請你不要靠近我。髒死了。」

「渣原學長？髒死了？」

上原同學因為大受打擊而臉色發青。相對地，心春同學正瞪著上原同學，眼神簡直像見了殺害父母的仇人一樣。旁邊則有窘於應對的天道同學與亞玖璃同學愣在那裡。

我跟千秋目光相接，然後低聲確認。

「呃……在心春同學的觀念中，上原同學依然是『明明有女朋友，卻還要調戲天道同學跟自己姊姊的搭訕男』嗎？」

「是、是的。雖然我也有找機會多少幫忙打圓場……呃，可是講不出具體的根據，只能含糊地擁護說：『不、不過上原同學是個好人喔。』似乎就收到了反效果……」

「啊……妳這樣說，感覺就像現充把好騙的姊姊玩弄在手掌心嘛……」

雖然好像也講對了一半，畢竟千秋超喜歡上原同學的。總覺得最近有種微妙的調調。

我們倆露出苦笑，上原同學就求救似的看了過來……唉，我很想伸出援手，不過由我打圓場也只會重蹈千秋的覆轍啦。

當現場被莫名的緊張感包圍，天道同學便咳了一聲聚集在場者的目光。

「話、話說妳們兩位為什麼會在這裡？」

「「咦？」」

星之守姊妹頓時不知為何瞥向我，然後語塞。看到她們倆那樣，天道同學和亞玖璃同學就莫名地瞇起眼露出全力運轉腦袋的模樣。還有，心春同學受到那種對待，也就跟著把臉轉換為可稱作「能幹學生會長模式」的伶俐形象。

「感情要好的姊妹在假日來遊樂園，有什麼問題？我倒覺得好奇，電玩同好會的四個男女生怎麼會排擠我姊姊跑來遊樂園呢？哎，我說著玩的啦～」

「「唔！」」

天道同學和亞玖璃同學為之動搖……女性成員之間瀰漫的這種危險氣息是怎麼了？一愣一愣的我跟沮喪的上原同學強烈地有種被蒙在鼓裡的感覺。

在我們倆不太能理解狀況時，女生們仍然用目光鬥得火花四濺。

於是，天道同學有點像要現給旁人看，撥了撥柔順的金色秀髮……我最近才發現這一點就是了，天道同學有時候似乎會用開關把自己切換成「天道花憐」……剛才的動作好像也算在內。

「哎呀，真抱歉呢，心春同學，但我們絕對沒有孤立星之守同學喔。不過妳想嘛……該怎麼說呢，我們四個都是『有男女朋友的人』啊。」

「「唔！」」

這次換成星之守姊妹倆低吟了……話說為什麼連千秋都受到傷害啊？感覺這傢伙並不會想交男朋友耶……

於是，姊姊受傷害這一點似乎更挑起了心春同學的鬥志之火，她就用明顯有意挑釁的眼神朝向天道同學與亞玖璃同學。

「所以你們是來『雙重約會』嘍？哦～～『雙重約會』。真是羨煞單身的我們呢，『雙重約會』。」

「唔……！」

這次不只是天道同學跟亞玖璃同學，連我跟上原同學都中招了。這什麼感覺啊，超丟臉的。被她連講好幾次雙重約會，感覺超丟臉的耶！

面對心春同學的無差別砲火，連跟她初次見面的亞玖璃同學似乎也因為男朋友受輕視，就忍無可忍地發聲了。

「對啊，沒有錯～～人家跟祐是在『雙重約會』～～『雙重約會』，換句話說就是由兩對『情侶』一起『約會』……呃，話說星之守家的姊妹倆接下來也要加入我們嗎～～？」

「「唔！」」

星之守姊妹受到重創……哪門子的回合制死鬥啊？現充族群常常處在這種胃痛的狀況嗎……儘管我萌生了些許尊敬之意，然而從上原同學的模樣來看，這似乎也不算常態。

不得已了，我的傷勢應該相對較輕，就算明白這樣做不符合自己的形象，也只好出來當和事佬。

「呃，大家難得來遊樂園，就算要加深交流，一邊玩一邊聊的效率應該比較好吧……」

「「居然被落單族建議了！」」

「你們好毒！」

包含天道同學在內，所有人都異口同聲叫出來，這種狀況讓我受到迄今最嚴重的傷害。原來是這樣……連女朋友都認定我是落單族嗎……我都不知道耶。在這世上，也有交到女朋友以後依然屬於落單族的人…………呼。

我明顯變得消沉以後，在場所有人就從氣氛察覺到「糟糕」，忽然改換態度體貼我。

「雨、雨野同學說得對！是啊，一直留在休息區閒聊，效率太差了，沒有錯！」

「就……就是啊～天道同學。再說，我跟姊姊也還有想玩的遊樂設施。」

「哦，星、星之守姊妹接下來原本打算玩什麼？」

「那個那個，有個叫『羈絆迷宮』的遊樂設施……」

「哇，好、好巧喔，人家正好也聊到接下來要去那裡玩！」

……我不太清楚狀況，但是大家都一邊瞄著我一邊表現出和睦的互動。現場似乎談妥了，雖然我不太懂理由。

我深深吐了一口氣切換心情，然後順著話題朝姊妹倆笑。

「那麼，先不管以後的事情，總之妳們倆也跟我們一起去『羈絆迷宮』吧！」

「嗯！」「說得對！」「贊成～」

千秋、心春同學、亞玖璃同學對我的提議表示贊成。可是……

「「咦……？」」

不知道為什麼，天道同學和上原同學的表情卻生硬地僵住了。有什麼問題嗎？我偏頭表示不解，他們倆就慌慌張張地開口粉飾。

「是、是啊，應該不錯呢，雨野同學！我也贊成喔。」

「好……好喔！既然目的地一樣，沒任何問題，就這樣！」

「？是、是喔？那就好……」

儘管我覺得有點蹊蹺，還是回答：「那就走吧……」並催促心春同學她們離開休息區，然後朝羈絆迷宮的方向走。

天道同學與上原同學跟上來的腳步慢了一點，而且他們兩個似乎還偷偷摸摸地低聲交換意見。

「六個人的情形……確實……會有點麻煩……」

「是啊……不過這點狀況還在意料範圍內……」

「？」

連平時就要求自己耳朵要尖的我，也實在無法完全聽清楚。

「（下一項遊樂設施，六個人去玩會有什麼問題嗎？）」

我對羈絆迷宮的概況不清楚，因此說不了什麼。

當我一邊懷著些許疙瘩一邊走路時，忽然間，天道同學從背後趕來我的旁邊。

「雨野同學雨野同學，關於接下來要去的羈絆迷宮……雖然計畫稍微生變，但是完全不會出問題的。」

「？出什麼問題？」

「咦？啊，沒有，該怎麼說呢……呃，羈絆迷宮是兩人一組挑戰的遊樂設施，不過

整群人一起去玩的話，就會套用『隨機配對機制』。」

「咦？換句話說，就不能自己挑對象分組嘍？」

「是這樣沒錯。」

「……呵呵，『大家自己找人分組～』這種在我心裡留下陰影的命令方式，居然不合用……對落單族來說簡直是夢寐以求的機制嘛！太棒了！」

「嗯，雨野同學，很抱歉在你陷入消極情緒時插嘴。不過以這次來約會的情況而言，那套機制就只會礙事喔。」

被女朋友冷冷應付以後，我就恢復理智了。

「也、也對喔。不過，只要跟工作人員說一聲，他們就會通融吧……」

我的反應合情合理，天道同學卻扶著臉頰嘆氣了。

「那倒未必喔。羈絆迷宮這座遊樂設施被用於聯誼的比重原本就高，四名以上的團體遊客去玩的話，園方有規定『一定要用隨機配對』。」

「喔……原來如此，所以那是讓現充鬧哄哄地抱怨『討厭～』、『真不敢相信～』的設施嘍。乾脆被隕石砸爛算了。」

「我們現在就是準備由好幾個男女生一起去玩的團體遊客了，你在說什麼啊？總之呢，因為這層緣故，一旦六人成行的話……」

「啊，情侶分在同一組的機率就會減少耶。既然這樣，我們可以隱瞞團體遊客的身分，兩個兩個進場就……」

「……對星之守姊妹要怎麼說明呢？」

「…………」

那我們就分成一對一對的情侶入場吧。啊，所以妳們姊妹倆要一起入場喔。呵呵，啊哈哈，好期待喔，達令…………

「這是在霸凌嗎？」

「對吧？雨野同學，如果要這樣提議，你說得出口嗎？」

「我了解『自己找人分組』這句話的威力，那種喪心病狂的行為，我死也做不到！」

在團體之中被當成多餘的人，沒有比這更恐怖的了！我緊緊握住拳頭，而天道同學又繼續說：

「可是呢，如果我們就這樣不採取對策，完全隨機配對……假設上原同學跟你分到同一組，你怎麼辦？」

「咦？雖然有點不好意思，但我還是會覺得高興耶。」

我害羞起來。天道同學目光變得黯淡。

「意外的答覆嚇到我了。我希望聽見的是『我想跟天道同學一組』。」

「我、我想跟天道同學一組！」

我連忙改口，天道同學就笑吟吟地說：「對嘛。」……好恐怖。

「這時候，就要由我跟上原同學出馬了。」

「由妳跟上原同學？」

「是啊。我們就快要到了，因此沒時間細說……不過呢，我跟上原同學知道這套原本被視為隨機的配對機制有什麼法則。」

「咦，為什麼？」

「那當然是因為，我跟他在事前就——」

天道同學說到這裡便咳了一聲。

「（跟、跟他在事前就……？）」

難、難道說，天道同學以前跟上原同學有來羈絆迷宮玩過嗎？

越來越濃厚的落敗預感使我發抖，天道同學則繼續對我說：

「反、反正我跟上原同學呢，會設法跟你還有亞玖璃同學配在一起。所以你們不用慌，保持平常心就可以了。我想說的就是這些。」

「是、是喔。」

被這麼一說，我發現前方不遠處的上原同學似乎也在對亞玖璃同學做類似的說明。

這時，走在最前面的心春同學回頭朝我們這裡瞥了過來。計畫敗露就糟了。天道同學和上原同學立刻離開我們身邊，還跑去找星之守姊妹閒聊。

被留下的我跟亞玖璃同學則與他們四個人隔了一段距離才會合，並且迅速交換意見。

「……雨雨，你覺得怎樣？」

「……狠下心從客觀角度來看的話，大概一半一半。」

「也對。從客觀角度來看，那兩個人果然大有可能是想先讓我們鬆懈……實際上卻打算自己湊成對。」

「就是啊。」

我們交換如此悲觀的意見。不過……我們的眼中並沒有絕望。

這是因為……

「那麼雨雨，剛才你說的是『從客觀角度來看』，不過從『主觀角度來看』的話……你覺得今天情況怎樣？」

「呵……亞玖璃同學，妳要問這個喔?應該說，問都不用問吧。我們的想法應該是一致的。」

「呵……也對，人家問了笨問題。從人家的主觀來看，今天的祐……」

「是啊，今天的天道同學……」

我們就此停下腳步，跟另外四個人稍微拉開距離…………並且大喊！

「「未免太有魅力了吧啊啊啊啊啊啊啊啊啊啊啊啊啊啊啊啊啊啊啊啊啊啊！」」

我們兩個像是要吐露累積又累積的煩惱，不過為了盡可能克制音量，只好朝著地上吼。

我跟亞玖璃同學就這樣興奮得滿臉通紅，並且用全力互相秀恩愛。

「天道同學今天怎麼會可愛成這樣！那絕對是在誘惑我啦！」

「人家這邊也一樣喔！祐怎麼會帥成那樣！被他壁咚時，人家還以為會被他帥死耶！」

「不不不不不，像我被天道同學靠到身上時，爆跳的心臟幾乎要把遊樂園炸掉了！不過出醜過頭也不好，我就忍住了！」

「人家也是！雖然被第二次壁咚時，人家故意表現出冷場的態度，可是如果不那樣做，人家差點就樂得突破大氣層了！哎唷，我們家的男朋友那樣做，絕對是在誘惑人家！不會錯！從主觀角度來看！」

「我還不是一樣！像天道同學那樣，根本就處於『COME ON～～』狀態！從主觀角度來看！」

「沒錯，從主觀角度來看！」

「是的，從主觀角度來看！」

「主觀來看……」

「主觀來看……」

然後……我們倆就灰心得簡直讓人懷疑剛才到底在興奮個什麼勁……還垂下肩膀大喊：

「「雖然從客觀角度來看，他們根本就是在掩飾自己的外遇啦！」」

我們咬牙切齒地嘟噥。好難受。哪裡難受？這輛只載了我們兩個人，在今天一整天有著劇烈起落的遊樂設施「戀愛雲霄飛車」簡直令人難受到不行。

亞玖璃同學消沉地嘀咕。

「所以怎麼辦呢，雨雨？剛才的提議……要配合，還是迴避？」

「實際上……也只能配合了吧。我們對隨機配對的機制又不了解……」

「對呀……」

我們倆大聲嘆氣……在猜不透彼此另一半有何心思的情況下約會，居然會這麼難受。

我望向在旁邊沮喪的亞玖璃同學……為了替她打氣兼鼓舞自己，我把從先前就放在腦海一隅思索，而且性質較為正面的想法說了出來。

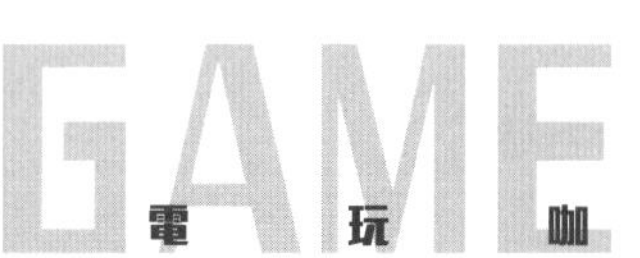

「不過，換個方式來想，或許這是最大的機會喔。」

「什麼意思？」

「簡單說呢……」

我豎起指頭說明。

「正因為天道同學和上原同學掌握著所有配對的機制，萬一就像他們所說，真的變成我跟天道同學配對，而妳跟上原同學配對……」

這時候，亞玖璃同學便露出恍然大悟的表情。

「對喔，那樣就能證明他們兩個的心意！」

「正是如此。假如他們倆真的喜歡彼此，實在不可能連這種大好機會都用在掩飾彼此的關係上才對。」

「換句話說，只要他們兩個確實選了我們當搭檔……」

「我想就可以坦然地認定，那等於他們對我們的心意吧。照理來說，那樣就不會是自作多情了。」

「然後然後……等到事情篤定的時候……」

「是的，沒錯。到時候，為了洗刷軟腳蝦的汙名，我們總算能照事前商量好的……」

接著，我們便直直地望向彼此的眼睛。

兩個人一起帶著充滿決心的表情，明確地把話說出來。

「「採取行動，讓生米煮成熟飯！」」

上原祐

「請問你們是六位一起來的嗎？」

「是的，麻煩妳了。」

「我明白了。那麼，我們將會為各位安排配對，請稍待片刻。」

我一邊看著在羈絆迷宮擔任工作人員的大姊消失在設施裡，一面偷偷觀察背後五個同行者的狀況。儘管大家都有說有笑，卻無法否認始終有莫名的緊張感瀰漫著。這時候，我跟當中隱約有點距離的心春學妹對上目光。她依然狠狠地……倍感狐疑似的朝我瞪了過來，因此我立刻轉開目光，有眼無心地看向通往設施內部的門。

「（從那邊進去就是大廳，然後會讓遊客挑耳機吧……）」

我的朋友雅也有叔叔在這裡擔任職員，我趁著這時候再次複習從他那裡打聽到的情報。

「（每個人都會領到一副隔音耳機，但是會發光的「G」字標誌分成六種顏色，配對就

是根據顏色來決定的。）」

到此為止的情報，在導覽手冊及官方網頁上都有告知。上頭甚至還附了「會跟誰配成一對，端看命運之神決定！」這樣的宣傳詞。

然而，實際上……分組的模式何止沒有隨機決定，據說根本就是定型的。

「（印象中是藍配紅，黃配綠，白配橘……肯定會這樣分組才對。）」

我再次確認從雅也那裡聽到的分組模式。

換句話說，亞玖璃拿了藍色耳機，我就拿紅的；要是她拿黃色耳機，我就立刻搶綠的，這樣便能照著我們所要的方式來配對。當然，我也跟天道分享了這項情報。順帶一提，之所以沒有告訴雨野和亞玖璃，自然就是怕他們又輕舉妄動，把事情搞得一團糟。

「（早知道星之守要來會合的話，我就讓她跟雨野一組了……）」

不過這也實在無可奈何。畢竟一開始根本沒算到星之守姊妹，預定要來這裡玩的就只有我們四個，還要讓彼此的另一半覺得：「哇，會這樣分組，也許果真是命運呢！」唉，這座遊樂設施每趟最多可供六個人玩，我跟天道就把所有配色方式都記熟了，這大概算不幸中的大幸吧。

「（可是無論回想幾次，這套機制未免也太粗糙了……）」

實際上，雅也以前好像就不動聲色地利用這套機制，成功和他現在的女朋友……美嘉分到了同一組。好卑鄙的遊樂設施，只有消息靈通的人才占得到便宜。

「（話雖如此，總比亂配對搞得誰都不討好要像樣吧……）」

以我們的情況來講吧，連星之守姊妹在內，要是完全隨機分組，甚至有可能弄成我跟雨野、亞玖璃跟心春學妹這種「誰都不討好」的配對。

既然如此，玩點小花樣讓情侶同組，應該是可以容許的吧。

當我如此思索時，工作人員大姊就開門回來了。她在右耳戴了疑似廣播用的耳麥。

「好的，讓各位久等了。那麼，請六位遊客往裡面走！」

「謝謝妳喔。」

我低頭答謝以後，就跟著大姊走在前頭。

穿過門後，有圓形的大廳。牆面設了六道門，房間中央的台座上擺著六種顏色的耳機。

我們所有人進房以後，門就關了，燈光也同時熄滅，在只有幽幽亮光的黑暗中，大姊開始進行說明。

「好的，目前在這裡的六個人，就這樣變成人類最後的倖存者了！」

「…………」

我們跟不上來得突然的謎樣世界觀說明，都難以給出反應……啊，不對，好像只有星之守亮著眼睛在聽。嗯，妳就喜歡這種超離奇的發展嘛。

大姊似乎裝成沒看到我們困惑的態度，又繼續說明。

「不好了～！這樣下去人類會滅亡！請各位務必盡快找到伴侶，並留下子孫才行！」

「「…………」」

這次我們又因為不同理由而難以給反應了。雖然暗暗的看不清楚，但所有人的臉恐怕都有點紅。尷尬。有夠尷尬又直接的設定。家庭遊客來玩的時候要怎麼辦？肯定會有不一樣的世界觀吧，希望如此。

「這時候就該由本研究所研發的『緊急相愛程式』出場了！」

「「緊、緊急相愛程式……！」」

所有人緊繃的複誦聲意外重疊了。怎麼說好呢？因為這個詞太丟臉，反而脫口就說出來了。緊急相愛程式。

然而大姊不愧是專業人員，面色不改地繼續用高亢語氣說明：

「首先呢，接下來要請各位從眼前顏色各異的耳機型裝置『宏偉之戀』當中挑出一副戴上去。」

「「宏、宏偉之戀！」」

六個人的聲音再度重疊。這次則是因為取名品味離譜過頭，反而讓所有人都有點興奮！

原來那個「G」字標誌是宏偉的意思嗎！欸，我倒覺得敢這樣取名很猛耶！

「照直覺選顏色就可以了。等所有人都將『宏偉之戀』戴好以後，就請你們按照耳機傳出的導覽語音來行動。」

「「好～～」」

「另外，本設施接下來會讓各位兩兩牽手，在基本上完全漆黑的環境中走動約幾分鐘。還請各位千萬不要奔跑打鬧，也不要拿掉會用語音適切進行導覽的『宏偉之戀』。」

「「好～～」」

「那麼那麼，讓各位久等了。接下來就要讓各位……展開這趟宏偉的愛之旅程，簡稱『GLJ』，請慢走！」

「「宏偉的愛之旅程！」」

我們所有人都繃緊神經齊聲大喊，並向大姊敬禮！大概是因為處在對戀愛亂緊張的狀態，還突然被帶到這種昏暗空間聽取獨特的世界觀說明，所有人都有點恍神。

大姊難免被我們嚇到，就咳了一聲。同時，我們就像催眠效力結束而回神過來，解除了原本敬禮的姿勢。接著——

「啊，那我們趕快來選耳機吧？」

——一聽見雨野如此提議……

為了在這個重要的局面盡速採取適切行動，我跟天道都悄悄地預備好了。

「（總、總覺得不妙耶！）」

一來到選耳機的階段，有股寒意就從我的背脊竄上來了。

我急忙環顧四周。目前在昏暗的室內，雨野同學還有那個叫亞玖璃的辣妹正率先選起耳機，而他們背後……有眼光莫名銳利的渣原跟天道同學。

「（雖然不曉得是怎麼回事……可是，有直覺正在提醒攻略過眾多情色遊戲的我！這裡就是挑選劇情線的重要分歧點！）」

雨野學長似乎隨時都會伸手拿耳機。沒空向背後慌張失措的姊姊徵求意見了。總之我也必須有所動作！

雨野學長朝發出藍光的耳機伸出手。

「呃，那我選這個好了……」

雨野學長一邊說……一邊莫名其妙地瞄了天道同學。於是，天道同學似乎點了點頭，然後迅速朝紅色耳機伸出手——

「喝啊！」

「咦！」

——雖然搞不清楚情況，總之我看準「要出手就趁現在」，便在高聲吶喊以後一舉邁步上前，利用天道同學嚇到的空檔把紅色耳機搶到手了。面對吃驚的雨野學長和天道同學，我有些喘不過氣地露出和氣的微笑。

「我、我今天的幸運色是紅色～」

「是、是喔……」

雨野學長應聲以後，困惑地對天道同學投以像是在徵求意見的視線。至於天道同學……她依然帶著笑容，並難掩焦慮似的朝雨野學長靠了過去。

「呃，雨、雨野同學，我覺得……綠色比藍色適合你耶。」

「咦？這、這樣啊，天道同學，那我就選……」

讓人感覺有問題的互動。雨野學長有所警覺地放下藍色。然而，就在那一瞬間……

「那人家選黃色好了～」

不知道那個辣妹到底懂不懂狀況，她天真無邪地拿了黃色耳機。

渣原和天道同學頓時莫名其妙地冒出詫異的反應。從他們的反應來看，線索終於到齊……我搞懂所有狀況了。

「（果然，這兩個人肯定曉得用顏色配對的方式！雨野學長和辣妹恐怕都在等他們兩個

下指示！）」

小看我的才智可就傷腦筋了。就算我在美貌方面得讓天道花憐一步，但連耍小聰明都想贏我，還早了一百年。別小看低調的情色遊戲迷啦！

「（從天道同學跟渣原之前的反應進一步推斷，配對方式肯定是藍與紅、綠與黃、橘與白！這就表示……）」

目前我拿到了紅色，就應該讓雨野學長維持藍色！

「（雖然對沒有掌握到情況的姊姊不好意思……不過，這是認真在較量嘛！）」

我湊到呆站著的雨野同學旁邊，拉了他的手肘，把他從放著其他耳機的台座拖走。

「那麼，雨野學長選藍色，我選紅色，亞玖璃同學選黃色，就這樣定嘍！」

「「啥！」」

如我所料，渣原和天道同學都露出震驚似的臉。好……我還要再下一城！

我離開雨野學長身邊，又回到耳機台座前，然後拿起綠色耳機——保住了跟辣妹作伴的人選。

「啊，姊姊，我也幫妳拿了喔！妳戴綠色才合適嘛！」

至少要避免讓姊姊跟渣原同組才行。

「「啥！」」

於是，渣原跟天道同學的臉色越變越蒼白……呵呵，活該。誰教你們耍小聰明，才會有這種下場。居然把我和姊姊當電燈泡，我才不原諒你們……呃，雖然我們確實是雙重約會的電燈泡。不、不過，敢排擠我們家可愛的姊姊，至少也要讓他們受懲罰才可以！

這時候，辣妹好像終於發現狀況不太對，就心慌地看向她的男朋友。

「呃，祐？這樣的話，人家該怎麼選……」

「亞玖璃……不、不然妳先把黃色放回去……喂，雨、雨野！你還是比較適合綠色啦，沒有錯！你就跟星之守交換一下——」

他們好像又開始玩花樣了！我立刻搶走雨野學長的耳機，然後把它戴到他的耳朵上。

「？上原同學，你剛才說什麼？」

「雨野，就叫你跟星之守交換——」

渣原話講到一半，就咂嘴作罷了。

「嘖！隔音的嗎！欸，雨野——」

渣原想直接摘掉雨野學長的耳機，便走向我們這邊。我急忙拉了雨野學長的手，絲毫不管他還在困惑就打開身旁用按鈕控制的門……然後硬把他推進門後像電梯一樣狹窄的空間。

「咦，等一——」

心生動搖的雨野學長差點向我抗議，卻為時已晚了。門自動關閉以後立刻鎖住，接

著……上頭的燈號顯示發出了藍光。

大姊似乎看不懂我們一連串的鬥智過程，還開口補充：

「啊，戴上『宏偉之戀』以後，請你們各自選一道門進去。門後有類似電梯的『移動小房間』，等所有人都收容完畢，就會按照顏色開始移動，把你們送到讓情侶在黑暗中會合的起點……關於這些內容，『宏偉之戀』會播放導覽語音向各位說明就是了。」

大姊散發的氣息有著「趕快選一選戴上去啦，你們這些現充！」的弦外之音……誰管妳啊，我們這邊正在賭命拚輸贏耶。

渣原咂嘴嘀咕：

「換句話說，雨野確定是藍色啊……」

「這表示……」

天道同學朝我手上拿的紅色耳機看過來。

……現場空氣讓人有刺痛的感覺。接下來難保不會上演動真格的肉搏戰。

我拿著紅色與綠色的耳機，沿著牆壁跟他們逐步拉開距離。可以在黑暗中對雨野學長上下其手的機會，誰會放過啊……我如此心想。

「哇！」

當我剛覺得手好像摸到什麼時，原本用背靠著的牆壁頓時消失，讓我失去平衡。

「（糟糕，是旁邊的「移動小房間」的門！）」

我似乎渾然不覺地背靠在那道門上，還不小心按到了「開」的按鈕。

在我背對房間跌倒的同時，其中一副耳機也隨之脫手。我心想：「啊。」下個瞬間，門便無情地在我面前自動關上，而且……

「…………怎、怎麼會這樣……」

留在我手邊的耳機……正空虛地發出綠光。

亞玖璃

「（人家或許是第一次看見別人那麼明顯地遭到天譴的畫面耶……）」

不知道在鬧什麼的那位妹妹好像拿著並非她想要的耳機，跌進了狹窄的移動小房間，然後門便直接關上的一連串來龍去脈。

人家目睹那些時，坦白講——心裡實在很痛快。

「（總覺得那個女生……就是看不順眼呢～）」

實際上，從剛才的過程也看得出本性就是了，那個叫心春的女生感覺挺會賣乖的……

「（或許是因為人家從高中才打進社交圈，所以格外有感覺。）」

哎，雖然說看不順眼，人家倒沒有覺得她是壞到骨子裡的女生。從剛才的過程看來，感覺還是瀰漫著濃厚的「活寶」氣息。

無論如何，這樣子亂聒噪的人就不在了。

人家拿著黃色耳機，走向到現在仍一臉呆愣的祐身邊。

「呃，所以說，祐，人家是不是維持拿黃色的就好？」

「咦？啊，不對，這個嘛……」

祐整理思緒似的搔頭。這時候，天道同學從旁拿起心春學妹掉的紅色耳機，賊賊地露出了微笑……有點恐怖。

「那麼上原同學，我先走嘍。」

天道同學心情大好地帶著笑容回頭，並且戴上紅色耳機朝我們這邊打招呼。她就在我們的目送之下，快步走進「移動小房間」了。這樣子，原本的六道門之中，有藍、綠、紅三道已經被選定。

剩下人家、祐還有星之守千秋。

祐拿起剩下的白色與橘色耳機，然後把橘色的遞給人家。

「那麼亞玖璃，妳戴橘色的，我戴白色。好嗎？」

……人家不太懂為什麼，不過，這樣似乎就能配成對了。人家收下橘色的以後，為了把多出來的黃色交給星之守同學，便看向她那邊。

——這時候，她不知為何還是杵在房間入口那一帶。難道妹妹鬧得這麼厲害，她都沒有任何想法嗎？人家正覺得奇怪時，她就察覺到我們的視線，看似慌張地低頭賠禮，並且走過來了。

「對……對不起，剛才有導覽小姐以外的工作人員從櫃台趕過來跟我講話。呃，所以說……奇、奇怪？其他人呢？」

看來她好像完全沒掌握到妹妹鬧出的風波……哎，那倒也好。

人家說了聲「來」，然後遞出黃色耳機並對她微笑。

「戴上這個，然後走進還沒亮燈的『移動小房間』，活動就會開始，導覽小姐說的。」

「移動小房間？」

「嗯，裡面似乎設計得跟電梯一樣。據說會依照顏色自己移動，把人送到有搭檔等著的陰暗起點喔。」

「哦～～感覺好厲害耶。我明白了，謝謝妳！」

「啊，不、不客氣……」

看她笑得毫無牽掛，人家總覺得有點心痛……這個女生果然跟雨雨很像，尤其是純真無邪的部分……所以人家才不可思議地想幫他們打氣，這一點特別像。

「……那個——」

人家差點忍不住提議交換耳機，好讓她跟祐一組。不過，祐笑著說：「我們走吧，亞玖璃。」人家就打消念頭了。

「（……也對。在這種時候做出類似「同情」的舉動，反而是最差勁的……沒錯！）」

人家重新下定決心，戴上耳機，走向剩下的門。

於是，當人家走進狹窄的「移動小房間」然後回頭時，剛好就看見祐跟星之守同學也進了房間。

「（再說……戴這副耳機也不代表就能跟祐一組。）」

照剛才的流程，人家姑且對祐有九成信任……可是，也還不能說他完全沒有想跟天道同學配對的跡象。

門自動關上。猛一看，可以發現房間上方裝有小小的螢幕。

「（咦，這是我們剛才待的大廳的景象？）」

為什麼會有這個畫面呢？在人家思索時，螢幕的電源就切掉了。人家不禁歪頭，但是馬上就想通了。

「（啊，這是讓先走進「移動小房間」的人看的轉播螢幕吧？）」

從畫面似乎可以確認自己以外的人選了什麼顏色。然後現在所有人都已經走進「移動小房間」，就沒有繼續轉播的意義了。大概是這樣。

當人家想著這些的時候，腳底下便突然搖晃了。看來房間開始朝起點移動了。同時，原本就幽暗的燈光也調得更小，到最後，光源只剩最初戴的耳機上面那塊會微微發亮的部分。

「（不過，因為這都戴在耳朵上，自己也看不見嘛……）」

不過，原本這就是讓人在黑暗中把對方當唯一依靠，然後藉機耍甜蜜的遊樂設施，不這樣大概就沒有意義了。

「（…………糟糕，這是怎樣？一個人待在狹窄黑暗的地方……超無助的。）」

由於有隔音耳機的關係，也聽不見聲音，只能感覺到隨身體移動帶來的微微G力，跟棺材一樣小的房間。

「（祐……）」

人家覺得太無助，就祈禱般在胸前握拳，並且在心裡想著男朋友的模樣。

「（神啊……拜託拜託，希望人家配對的對象會是祐！）」

人家拚命如此祈禱。印象中……祐戴的耳機顏色是白色吧。

在人家想著這些時，房間便停止移動。看來似乎抵達起點了。

一片漆黑中，有眼前那扇門打開的動靜。門後面……依然是整片漆黑。

不過在下個瞬間，那裡……閃過了一絲微弱的耳機光芒。

「（神啊……！）」

結果，那道光芒的顏色是……

「…………！」

正是人家拚命跟神明祈求的——白色。

雨野景太

「（是紅色……紅色。這表示……！）」

我看了眼前的耳機光芒顏色，然後吞口水。

接著為了確認，我慢慢地再次回憶剛才轉播螢幕顯示的畫面。

「（……是啊。我記得，紅色耳機從心春同學手中滑落……結果，天道同學就拿走了。應該是這樣。）」

無論確認幾次，對方果真就是天道同學，不會錯。

在我心裡……有種自己被她選上而無法言喻的感慨。

當我獨自微微泛淚時，「紅光」就緩緩地從黑暗中接近過來。我也連忙一面用手摸索牆壁，一面戰戰兢兢地走向前。

「（……完全抓不到距離感耶。）」

漆黑的環境，實在漆黑過頭。雖然事先就有說明，沒想到還真的只能看見對方那微弱的耳機光芒。除此之外，連自己的耳機光芒都感覺不到。

「（這樣沒問題吧？真的能順利過關嗎？）」

我在不安的折磨下持續走著，忽然間，手就碰到東西了。儘管一瞬間讓我嚇了一跳……不過那似乎是不知不覺中已經來到眼前的對方的手。

我跟紅色光芒慢慢朝彼此伸出手……接著牢牢地以手相握。

霎時間，我呆呆地發出了「啊」的聲音。雖然我馬上就後悔而覺得丟臉，但是想起對方戴著隔音耳機什麼也聽不見，便安心地捂了胸口。

「（……沒想到在黑暗中牽手的溫暖，居然會這麼令人緊張……）」

以往我也握過天道同學的手幾次，當時固然緊張——不過這樣牽手又是另一番感覺。安心感、緊張、「想保護對方」的責任感、「受到保護」的實際感受……種種情緒一口氣從黑暗中湧來。

「（認同這種現充專用的設施真令人不甘心……不過……這確實好有感覺耶。）」

總之，對於情侶還有單相思的人，效果都一樣出色。

「（……哎呀，不行不行。）」

再這樣發愣下去也沒用。何況像這種時候……還是該由男方來帶路。假如是亞玖璃同學，肯定會這麼說。

「我們走吧，天道同學。」

我曉得聲音傳不過去，還是如此搭話，並且對她點點頭。於是，耳機的動靜似乎有將我的用意傳達過去，她也點頭回應了。

看見天道同學那樣以後……我終於下了決心。

「（她選擇了我。假如我還用「對自己沒有信心」當藉口逃避……肯定就錯了！）」

心臟怦通作響，呼吸困難。即使如此……我仍在黑暗之中將眼睛確實睜開，堅定自己的意志。

「（只能趁現在了！利用在黑暗中獨處的機會……我……我現在就要向天道同學表達心意！透過比什麼都實際的方式！）」

我們倆使勁用汗濕的手緊緊交握。

然後，緩緩踏向漆黑的迷宮。

天道花憐

「（雨、雨野同學在緊張耶……）」

從我們兩個動身探索迷宮算起，大約過了三分鐘。我們這對情侶的推進速度實在慢上加慢，畢竟……坦白講，雨野同學的動作真的很慢。

「（雖然他本來就是個缺乏餘裕的人……感覺這次又特別僵硬……）」

剛牽就讓人覺得依然跟女生一樣瘦弱的手，如今已經流汗流得溼答答，黑暗中唯一映入我眼裡的則是他戴著的耳機藍光，目前正在黑暗當中東張西望而留下殘像。

而且，看到他那麼慌……總覺得連我都緊張起來了。

結果我們在黑暗中無法順利前進。

「（這座遊樂設施基本上是一路通到底，並沒有其他岔路，裡頭暗歸暗，要過關也不至於這麼花時間才對……）」

想到這裡，我焦急地微微發出嘟噥聲，然後才恍然大悟。

「（不、不行啦！天道花憐，這就是妳的毛病！妳怎麼急得像是把心思放在計時競賽呢！約、約會不該是那樣的吧！）」

我趕緊規勸一鬆懈就會露出電玩咖骨氣的自己。

我抱著反省之意，重新握起雨野同學的手，儘管一瞬間他心慌似的繃緊身體，間隔一會兒，就客氣地握了回來。

…………

「（……我們家的男朋友未免太可愛了吧！）」

老實說，在黑暗的相輔相成下，我都想猛然朝他撲過去了。

不過我想起跟上原同學在事前舉行的作戰會議，便再次克制自己。

「（錯了吧，天道花憐！今天的目的終究是……在「對方主動」的形式下，讓生米煮成熟飯！妳就是為了這個目的才一再做出打從心裡覺得害臊的誘惑舉動吧！）」

如果我現在撲向雨野同學，某方面來說可就輸慘了。形同在線上遊戲裡被對手的挑釁動作拐到，便魯莽進攻的愚蠢行為。妳在戀愛方面也要禁得起挑逗才行，天道花憐！

我使勁克制住亢奮的情緒，相對地，為了挑起雨野同學的情緒，我從耳機推測位置，輕輕地戳了他的臉頰。

「！」

藍色耳機明顯心慌地搖晃起來……效果絕佳。

「（好，就這樣不斷發動攻勢！）」

我重新下定決心，然後意氣風發地再次踏向黑暗之中。

星之守千秋

「（臉、臉頰被戳了！）」

我對搭檔剛才所做的行為感到心慌，忍不住停下腳步。

「（什、什什什什、什麼意思……！他、他這是……什麼意思？）」

我望著眼前的搭檔……頭戴藍光耳機的那名人物，愣了一陣子。

「（咦？印、印象中，藍色耳機是景太戴的，對吧？）」

儘管我有九成的把握，心裡卻不太敢篤定。之所以如此，是因為在剛才挑耳機的活動中，有工作人員從背後過來找我講話，結果我對兩邊都心不在焉……

「（可、可是可是……心春選了綠色……還有還有，上原同學選了白色，這些細節我隱約都記得。）」

所以說，至少對方並不是這兩個人。而且……

「（天道同學或亞玖璃同學感覺都不會對我這樣做……）」

雖然我沒辦法確認自己耳機的顏色，但對方應該可以從顏色認出我是星之守千秋。認出

以後還會這樣做的人，果然就只有……

「（景、景太他……這樣子對我……）」

或許那跟平時一樣，屬於半開玩笑的舉動。不，肯定就是那樣吧。

即使如此，我……我還是……！

「（錯、錯的可是你喔，景太。既然你敢這樣做……那、那我多少展開一點攻勢，也不至於遭天譴吧……）」

心頭怦通怦通作響。

我反覆做了幾次深呼吸，鞏固自己的決心。

「！」

我絲毫不管對方略顯困惑，就用力拉著彼此被汗水濡濕而無暇享受觸感的手，朝黑暗中踏出腳步。

…………

「（……這麼說來，剛才工作人員急著跑來問：「你們要不要嘗試最近新引進的洗牌功能呢～～」不知道那是什麼意思喔。）」

三角瑛一

「唉……」

我獨自背靠著牆嘆氣。假日午後，遊樂園裡來來往往的人都跟我……三角瑛一不同，臉上表情都顯得十分開心。

「（理姬要邀我來遊樂園是可以啦……總覺得搞不懂耶。）」

從口袋裡拿出薄荷錠，一口氣往嘴裡塞了三顆左右，心情卻沒有開朗多少。

我仰望天空，彷彿在逃避現實似的讓心思徜徉於電玩，就忽然想起了雨野同學最近來電玩社時的事。

「（雖然我跟他講到的話並不多……對了對了，我們有聊到電玩社社員各自被扯進異常事態這一點。）」

想到這裡，我立刻又迎頭面對現實而嘆氣。

「（電玩社那些人一聽我談到自己的事，馬上就把理姬當成跟女主角一樣的存在……可是，實際上的問題在於理姬肯定討厭我啊。）」

雖然對電玩社眾人體貼我的心意說不過去，但理姬絕對不可能喜歡我的。我敢斷言。

畢竟，她邀我來遊樂園時……

「我、我碰巧有免費招待券，只是不想浪費掉而已！別誤會喔！我、我才沒有喜歡你呢，真的啦！」

就把視線轉向旁邊，還再三聲明了。

我們來到遊樂園以後，理姬又一副不知道在緊張什麼地低著頭，始終不講話。

而且我打定主意，試著邀她來這座一看就覺得能增進男女感情的遊樂設施「羈絆迷宮」……不知道她是生氣還怎麼樣，忽然就滿臉通紅說：「我、我我我要去洗手間！並、並並不是因為要補妝，或者做心理準備的關係喔！」並且跑掉了。

「（真的……明明我講了這麼多類似的事蹟，為什麼電玩社眾人還是立刻把「喜歡我的設定」加在理姬身上呢？唉……好空虛。）」

電玩社那些人肯定是玩太多遊戲，變得對戀愛有點遲鈍過頭了。受不了，真傷腦筋耶。

另一方面，雨野同學在某些奇怪的地方特別聰明敏銳，倒也滿困擾的就是了。

「（這麼說來，不知道雨野同學今天在做什麼。）」

我似乎能想像放假時的他，又似乎想像不出。他大概依然會一個人開心地玩著遊戲吧。還是說，他會跟天道同學開心地約會呢？不管怎樣都令人羨慕。真的，我打從心裡羨慕。

——就在我打算再一次深深嘆息的時候。

「咦，你把洗牌功能打開了嗎？」

剛聽見門板開關的聲響，閒聊聲就不知道從哪裡傳來了。

我從牆際悄悄探頭一看，就發現有一對像是遊樂園職員的男女從疑似設施後門的地方走出來了。

「欸，我沒有聽說耶～剛才用廣播跟他們說明時都沒有提到那部分喔～」

「也沒有關係吧。反正玩這種遊樂設施又不會受傷或鬧出人命。」

我別無用意地屏息，女方就露出了明顯不滿的態度。

「（啊，對喔，這裡是「羈絆迷宮」的後頭嘛。）」

「（唔哇～感覺好尷尬，在遊樂園聽員工聊內幕……）」

儘管我感到敗興……可是，既然我跟上洗手間的義妹理姬約好「在這裡碰面」，總不能隨便移動。

我發出嘆息，然後開始把玩智慧型手機，想盡量從職員的對話轉移注意力。實際上我就靠這樣多撐了一會兒。可是——

「咦，洗牌功能會讓『宏偉之戀』的顏色都跟著改變嗎！」

女職員高八度的嗓音又把我的注意力拉回去……看來似乎沒辦法完全無視了。

我死心以後便收起手機，決定順其自然地直接放空心思聽那兩個職員對話。

「沒錯。因為那是讓遊客徹底認不出誰是誰的模式啊。假如戴著的耳機顏色還跟原本一樣，不就沒意義了？」

「再怎麼說……那樣會不會太冒險了一點？」

「不不不，也有人喜歡這樣喔。之前已經測試過幾次了，年輕團體遊客在廣場上『揭露配對結果』時，大多都會嘻嘻哈哈地笑著說：『原來剛才是你喔～！』鬧得可開心了。」

「呃，那是因為所有人都把鬧著玩當前提吧？不過剛才那群人……」

「可是最後面那個女生有說過，開洗牌功能沒關係啊。」

「是喔？那大概……不要緊吧？啊，順帶一提，『宏偉之戀』洗牌以後，顏色會變成什麼樣？單純將每種顏色互換而已嗎？」

「不，為了呈現更高的隨機效果，顏色甚至會重複喔。對了對了……像這次顏色就分配得超不平衡，我記得應該有四個藍色、一個白色、一個紅色。」

「唔哇～有夠不平衡耶，連藍色都有可能跟藍色配成對。」

「不過，反正不把自己的耳機拿下來就看不見顏色，當事人應該不會發現。」

「哦……哎呀，那我今天要下班嘍！辛苦了～」

「了解～辛苦了～」

因為女方的那句話，兩名員工就此解散，談話結束。

同時，我遠遠看見理姬的身影，就離開了牆壁。

我一邊看著理姬有些忸怩地用非常慢的速度走過來……嘴裡還一邊喃喃自語。

「……感覺上，這好像雨野同學和天道同學那一對會遇上的麻煩耶……應該不會吧。」

星之守心春

「（雖然不知道怎麼回事，但是我跟雨野學長配成對了～～～！）」

目前我正一邊感謝上天美好的安排，一邊貼身擁抱自己的搭檔……戴藍色耳機的男生。男方動搖了，還明顯想要抽身。可是，我不會放他走！

我卯起勁試著跟他接觸。

「（話說回來，雨野學長的胸膛意外地厚耶，而且體型也滿可靠的？）」

平時他都駝背又一副溫和的臉孔，感覺挺靠不住就是了。

在黑暗中摸過以後，他的體格給我頗為可靠的印象。

「（呵呵……我就照這樣一路對學長性騷擾到終點！）」

這種機會可不容易遇到。就算被當成痴女，我也不在乎。

在黑暗中……雨野學長莫名地抵抗個不停，即使如此，我還是猛烈地發動攻勢。

上原祐

「（感覺雨野頻頻跟我有肢體接觸啊啊啊啊啊啊啊啊啊啊！）」

藍耳機在黑暗中猛烈搖晃，還頻頻纏住我的身體。

我拚命把對方推開，並且心想要趕快到終點，就含淚往前進了！

「（還有我怎麼會跟雨野配在一起！事先打聽的情報有錯嗎？混帳！）」

回去以後我要揍雅也。絕對要揍。

話說回來，就算配對失誤好了，怎麼偏偏把我跟雨野湊在一起？想推我下地獄是吧？沒有啦，我並不是想跟亞玖璃以外的女生接觸，可是千不該萬不該搞成這樣吧，男配男。以進展來說，未免太糟糕了吧……就在此時──

「喂，雨野，你幹嘛一直摸我胸部！噁心耶！」

我拚命大吼，可是因為有隔音耳機，對方好像聽不到。雨野依然在亂摸我的身體。

「（咦，是怎樣？難不成雨野真的屬於那個圈子嗎！）」

以往我在戀愛方面做過許多臆測，卻實在沒有想過這種可能性。真的假的？雨野的目標不是亞玖璃也不是天道也不是星之守……而是我嗎！

「（呃，可、可是這樣一想，有許多事就可以理解了……）」

畢竟這傢伙從一開始就挺積極地糾纏我……他跟女性之間搞出的所有問題，倒也可以想成是為了引起我注意的手段。

……在我思考這些的時候，雨野依舊黏過來抱我。我拚命把他扒開！

「（還有，他的身體亂柔軟的，聞起來也好香，反而更讓人發毛！糟了啦！這樣我一鬆懈好像就會棄守！）」

要說到哪裡不妙，就是他明明身為男生，誘惑卻對我稍微起了作用這一點。我吃錯什麼藥了啊？雨野的膚質確實感覺像女生，但他終究是男的。千萬別忘記這一點！

「（所以說，我目前會覺得這傢伙真的像女生——都是伸手不見五指造成的幻想！都是幻想！因此，我該採取的態度斷然就只有一種，堅決地抗拒！）」

我在內心點起決意的火光，用拖著雨野走的形式拚命朝迷宮終點前進。

亞玖璃

「（祐……果然好有男子氣概喔……）」

戴白耳機的搭檔緊張得流了一些手汗，卻還是牢牢地牽著人家的手，在黑暗中領路。

人家小步小步地跟在後面……同時，心裡也慢慢做了覺悟。

「（人家還是喜歡祐。而且……祐也選擇了人家。）」

狀況已經備妥了。剩下的……就像人家跟雨雨事前商量的一樣。

換句話說……

「（被這樣對待還不採取行動，就不是女人了！）」

這半年以來，人家跟祐一點進展都沒有。因為人家只要跟他在一起就覺得幸福了，到最近根本都不覺得那樣有任何問題……

可是，人家覺得那終究只是披著一層老實的外皮，心態並不老實。

「（想珍惜對方……想用心培育感情……只要這樣說，感覺就很中聽，人家也覺得有情侶這樣是不錯。可是，人家這種心態……大概是在「逃避」。）」

人家從國中時就非常喜歡祐了。

可是要說到祐喜不喜歡人家……一直到最後，人家都沒有把握。

原本人家是認為就算那樣也無妨。

不過，大概正是因為事實並非那樣……在這半年來，我們才沒有任何進展吧。

何況……多虧有雨雨，人家終於察覺到了。

「（雨雨他……總是在努力了解「別人」的想法。）」

一開始，人家以為他只是膽小才會看人臉色。然而，那是人家稍微搞錯了。

「（雨雨總是會先尋找對自己來說會覺得「正確」的路。因此在那種時候，實際上他就是優柔寡斷……即使如此……）」

一旦選定要走的路，他就會確實向前進。雨雨就是這樣。

即使受邀加入電玩社讓他暫時昏了頭，只要明白對方跟自己看待電玩的態度不同，他就會斷然拒絕。

只要領悟自己是打從心裡愛著天道同學……他就不會輸給旁人的目光，還會用全副力氣努力讓情侶關係持續下去。

看著這樣的雨雨。

人家也覺得自己要確實向前進才行……假如找到了自己相信是「正確」的路，就算會怕也要確實踏出那一步才可以，這是雨雨讓人家發現的。

「…………」

人家重新緊握祐的手……我們彼此都緊張得流了手汗。

心跳相互傳達，重疊在一起，產生迴響，並且加速擴大。

「……祐。」

儘管明白聽不見，人家還是叫了對方的名字。於是，對方似乎也回頭說了些什麼。

就算在黑暗的迷宮當中，有另一半的溫暖幫忙打氣，我們就能踏出腳步。

可以感覺到自己跟對方是心心相印的。第一次有這種感覺。

祐稍微用力地拉了人家的手。

「啊。」

於是，人家止不住力道而撞上他的身體，兩個人就這樣蹣跚地前進了一小段。

一瞬間，可以感覺到周圍空氣稍微有了變化。該怎麼說呢……我們倆好像來到了某塊寬廣的空間……人家跟他對周圍提起戒心，又走了一會兒。

這時候，耳機忽然傳出跟剛才不同的女性廣播聲。

『恭喜你們！兩位順利闖過羈絆迷宮了！』

「咦？」

已經結束了？當人家愣住的同時，心裡逐漸盈上焦急的情緒。

人家跟祐，什麼都還沒有做——

『在另外四位遊客來這座廣場會合以前，請在黑暗中稍待片刻！』

——不，還有最後的緩衝時間。

如此感到放心的同時，人家便打定主意了。

「祐。」

人家一邊叫他的名字一邊放開牽著的手，然後把雙手繞到他的脖子上。於是，儘管身高感覺起來意外地矮，讓人感到訝異……但人家立刻就察覺了。

「（對喔，他為人家蹲下來了。）」

還有，人家也察覺了，祐採取這種動作的用意。

實際上，祐為了回應人家的心意，就用一隻手摟住人家的腰，另一隻手則扶著人家的頭……把人家拉到他的身邊。

在黑暗中，發出白色亮光的耳機徐徐靠近。

「祐……」

人家陶醉地再次呼喚他的名字。

然後，就毅然睜著眼睛朝嘴脣——

雨野景太

「（天道同學……果然好溫柔耶……）」

戴紅耳機的搭檔緊張得流了一些手汗，卻還是牢牢地抓著我的手，跟在我後面……其

實，她明明是遠比我優秀又可靠的女性，現在卻……卻讓我這種人握著主導權。

我對此深懷感謝之意……同時，心裡卻也慢慢地做了覺悟。

「（我還是喜歡天道同學。而且……天道同學也選了我。）」

狀況已經備妥了。剩下的……就跟我和亞玖璃在事前商量的一樣。

換句話說……

「（被這樣對待還不採取行動，就不是男人了！）」

即使說我們在交往，一直以來我跟天道同學都沒有……不，是我一直都沒有對她做出任何符合男友風範的表現。

因為我對自己沒有信心。我始終有疑問：像我這種人當天道同學的男朋友好嗎？因為身邊有上原同學那樣迷人的男性，更讓我拋不開疑問。至少像我這種人，絕不能因為自私的欲望，就在天道同學的青春中留下汙點。

可是，我覺得那終究只是披著一層老實的外皮，心態並不老實。

「（不想傷害到對方……希望好好地確認彼此的心意……儘管以情侶來說，那是理所當然的感情……可是，我這種心態……大概是在「逃避」。）」

我原本就崇拜天道同學。被她邀請加入社團時，我在感激的同時也懷有尊敬與淡淡的戀慕之情。後來發生了許許多多的事情，隨著我對她為人的本性有更多了解……我也變得越來越喜歡天道花憐這個人。

可是要說到她喜不喜歡我……一直到最後，我都沒有把握。我還在懷疑：她是不是喜歡上原同學？

然而只要她幸福……只要我這種人能為她的幸福盡到一點力，那倒也無妨。我本來是抱著這種認分的想法。

不過……事實大概並非如此。

我想跟天道同學變成兩情相悅的情侶關係，想到無法自拔。

何況……多虧有亞玖璃同學，我終於察覺到了。

「（亞玖璃同學她……對戀愛一向都很認真。）」

一開始，我以為她與我想法全然不同，還會輕浮到極點地隨口把戀愛與感情事講成生命的一切，是個現充型的辣妹。然而，那是我稍微搞錯了。

「（亞玖璃同學她……對戀愛實在很認真。）」

她對於喜歡一個人……對於自己的戀情懷有貨真價實的驕傲。亞玖璃同學就是這樣。

對於上原同學的一舉一動，她可以由衷地哭、由衷地笑。

當上原同學出現外遇的嫌疑時……她固然生氣過也沮喪過，卻不會擅自冒出要乖乖抽身的想法，即使會弄得一身泥濘，她仍拚命努力想留住這段感情。

看著這樣的亞玫璃同學——

我也覺得自己要確實向前進才行……不管有沒有信心或把握，有時候就是要坦然地聽從「情意」踏出那一步才行，這是亞玫璃同學讓我發現的。

「…………」

天道同學重新握緊我的手……我們彼此都緊張得流了手汗。

心跳相互傳達，重疊在一起，產生迴響，並且加速擴大。

「……天道同學。」

儘管明白聽不見，我還是叫了對方的名字。於是，對方似乎也望著我說了些什麼。

就算在黑暗的迷宮當中，有另一半的溫暖幫忙打氣，我們就能踏出腳步。

可以感覺到自己跟對方是心心相印的。第一次有這種感覺。

我稍微用力地拉了天道同學的手。

「啊。」

於是，她止不住力道而撞上我的身體，兩個人就這樣蹣跚地前進了一小段。

一瞬間，可以感覺到周圍空氣稍微有了變化。該怎麼說呢……我們倆好像來到了某塊寬廣的空間……我跟她對周圍提起戒心，又走了一會兒。

這時候，耳機忽然傳出跟剛才不同的女性廣播聲。

『恭喜你們！兩位順利闖過羈絆迷宮了！』

「咦？」

已經結束了？當我愣住的同時，心裡便逐漸盈上焦急的情緒。

我、我跟天道同學，什麼都還沒有做——

『在另外四位遊客來這座廣場會合以前，請在黑暗中稍待片刻！』

——不，還有最後的緩衝時間。

如此感到放心的同時，我便打定主意了。

「天道同學。」

我一邊叫她的名字一邊放開牽著的手。於是，沒想到她主動把手繞到了我的脖子上。儘管大膽得有些「不合作風」的進攻舉動一瞬間讓我感到動搖……但我立刻就察覺了。

「（這樣啊……天道同學正在給我最後的勇氣。）」

體會到她那股決心的瞬間，「害羞」與「緊張」等小家子氣的情緒便從我心裡消失了。

留下來的，只剩這份滿盈而出的情意。

為了回應天道同學的心意，我用一隻手摟住她的腰，另一隻手扶著她的頭……然後把她拉到自己身邊。

在黑暗中，發出紅色亮光的耳機徐徐靠近。

「天道同學……」

我確確實實地再次呼喚她的名字。

然後，依然睜著眼睛朝嘴唇——

——霎時間，廣場的燈光全都一起點亮了。

「（哇！）」

突發的狀況讓人眩目——我依然用手扶著她的腰與頭，動作完全停了下來。

就這樣愣著等了幾秒。

在眼睛慢慢適應光線的過程中，最先闖進我的視野裡的畫面是……

「咦……？」

跟我同樣看似訝異地睜著眼睛的女性臉部特寫——還有在她後面深深地互相擁抱的天道同學與千秋。

亞玖璃

——霎時間，廣場的燈光全都一起點亮了。

「（呀啊！）」

突發的狀況讓人眩目——人家依然用手繞在他的脖子上，動作完全停了下來。

就這樣愣著等了幾秒。

在眼睛慢慢適應光線的過程中，最先闖進人家視野裡的畫面是……

「咦……？」

跟人家同樣看似訝異地睜著眼睛的男性臉部特寫——還有在他後面被心春同學猛抱著的……祐的身影。

電玩咖們

——霎時間，廣場的燈光全都一起點亮了。

「（！）」

突發的狀況讓人眩目，天道花憐、星之守千秋、上原祐、星之守心春四人都跟彼此的搭檔一塊愣住了。

就這樣愣著等了幾秒。

在眼睛慢慢適應光線的過程中，最先闖進他們視野裡的畫面是……

「咦……？」

在廣場中間，穩穩扶著彼此身體並且深情互吻的——

——雨野景太與亞玖璃的身影。

後記

大家好，我是作者葵せきな。感謝您這次解囊買下《GAMERS電玩咖！5 電玩咖與全滅GAME OVER》。

那麼，本系列已經來到第五集，因此差不多也可以將嚴肅的問候詞收起來了。請容我盡快進入正題。

這次的後記，有十二頁。

……各位有見過總是若無其事地在寫篇幅超出十頁的後記的作家嗎？至少我沒有……照鏡子的時候除外。

提到這件事，會覺得作家「葵せきな」像個老喜歡談自己的自戀狂，實際上大概就是因為我有「大家都來聽我說故事嘛～」的一面，才會選擇作家這項職業就是了。

即使如此，出道後只要寫個兩三次篇幅在四五頁左右的後記，正常來講也就心滿意足

了。其實我在第一部系列作就已經讓後記欲得到了充分的滿足，應該說，能開心地暢談自我的階段早就完全結束了。從這層意義來說，只要留給我向各位讀者及相關人士獻上謝詞的最低頁數（大概兩頁左右）也就夠了……

……後來過了幾年。

提起現在的我，即使從責任編輯收到後記篇幅超過十頁的通知，也已經培養出可以說聲「哦，正常運作的回合終於到啦？」就帶過的觀念了。

這是怎樣？

……哎，雖然我一如往常地在抱怨後記太長這件事，不過以這次而言，其實算是我自作自受。

之所以這麼說，是因為正如前面所述，這次從責任編輯那裡接到後記頁數的通知時，我也一併收到了「要稍微調整正篇的頁數嗎？」的溫馨提議。

「不，最近後記的頁數不夠勁，這次就保持這樣吧。」

然而，我卻立刻做出這樣的回答……最近我稍微能體會主動要求吃滾燙關東煮的搞笑藝人是什麼心境了。

然後呢，由於狀況如此，我依然只有「想寫」的意願搶先強出頭，目前完全想不出題材。

會搞成這樣的原因，我也常在發牢騷時提到就是了，因為我打從骨子裡就是個室內活動派，過的是只會寫小說、吃飯、玩樂與睡覺的生活。

在這當中，我唯一涉獵到能跟別人聊一聊的興趣就是「電玩」。

——寫到這裡，或許各位讀者會覺得：「那你寫電玩的事情不就好了，反正這部系列正是以此為主題啊。」

可是，這裡面藏了一個巨大的陷阱。

講得好。這部系列，本來就是以電玩話題來貫穿正篇的作品。

呃～～換句話說呢……

我總不能把寶貴的「電玩寫作題材」浪費在後記嘛！

連電玩話題都從我身上拿走，這篇後記到底還剩什麼啊？

善良的責任編輯與讀者會輕鬆笑著說：「談一談葵老師的日常生活就可以啦～～」可是，這些話真的能照單全收嗎？我要試著認真寫一行「日常生活的話題」嘍？準備好了嗎？

前陣子我最愛的T恤沾到牙膏了啦～～嗚嗚，超受打擊的。

……難道世上會有人想讀這種調調的「日常生活」嗎！這年頭連偶像明星寫這種不痛不癢無色無味的日常報告都不會被接受了，你們真的想聽我談嗎！話說這句報告是怎樣，有夠噁心的！最驚人的部分在哪裡呢？其實我最近根本沒有讓T恤沾到牙膏啦！無聊再加上虛構，真受不了，這是什麼沒營養的文章！別當作家了！

唉，還請讀者們萬萬不要小看我平時的閒聊能力究竟低落到哪種令人絕望的地步。我屬於跟半生不熟的人獨處時，連天氣都沒辦法聊的那種人耶。何止如此，連對方拋來話題，我都會不小心回答：「……原來如此。」我是個會把話題發展性完全糟蹋掉的人耶！

對這樣的人說「請隨意發揮」，然後就把十二頁篇幅交給他寫，內容還要刊在商業出版物上面讓各位讀，這到底是什麼生意模式啊？

……話雖如此……每次越是像這樣在後記寫到對後記的牢騷，就越會碰到「那我為什麼要當作家呢？」這樣的疑問，可是關於這一點連我自己都不太清楚。

說不定在讀者當中，也有人在採訪報導中看過宣稱「寫作真快樂！」的「清新版葵せきな」，可是很抱歉，那是以社會人士來說極為表象化的葵せきな所發表的意見。儘管那絕非謊話，不過坦白講，我在那裡提到的「樂」，以電玩來說就是……

「嘻嘻……雖然完全沒有需要打倒的敵人了……白白練功的作業真快樂……嘻嘻……嘻嘻……啊，遊戲時間破表了……」類似這樣的「快樂」要素也包含了一些喔！與其說是娛樂，還比較接近於「有病」。

順帶一提，執筆告一段落的快感，就好比洗完三溫暖出來的感覺。

從讀者那裡得到正面感想時的快感，大概類似玩線上遊戲幫別人補血或復活時聽到「謝謝！」的那種感覺。

……然後，迷上那些快感的結果就像這樣，連不擅長寫的長篇後記，扯來扯去還是能勤快趕出來的藺居作家就此誕生了。

……不過，雖然我不是星之守千秋，但迷上了也沒辦法，往後我還是希望在正篇與後記都能繼續努力。

結束。

…………

明明收尾的感覺不錯，卻還只占整體三分之一的絕望感。

不得已，把話題重新整理一下，來談談作品吧（一開始就該這樣）！

第五集的副標題聳動到極點，不知道已經讀完的人作何看法呢。

基本上我都是本著讓人讀到最後會覺得「哦，難怪取這個副標題」的想法在設計劇情。

不過，連作者都沒想到地球會在這一集結尾炸掉。已經讀完的人想必吃了一驚吧。重要的是，從後記開始讀的人應該會更加吃驚吧。

玩笑話先擱一邊，雖然標題取得像最後一集（而且還是結局偏負面的那種），但故事當然還是會繼續喔。儘管每次都這樣，不過我單純是把副標題取得跟內容貼切而已，因此請不要太介意。

結尾一如往常地投下了震撼彈（地球沒有炸掉），若各位能放寬心等候下一集便是我的榮幸。再怎麼說，這都是烏龍戀愛喜劇嘛。

哎呀，話說回來，獨自搭太空梭逃難倖存的上原，接下來會如何呢？作者也是從現在就在期待《GAMERS電玩咖！6　上原祐與太空RESET》！真期待會有什麼樣的故事！希望雨野他們能復活！

…………

嗯，這些瞎掰的內容，原本或許可以再灌一點水，多混些篇幅比較好……

好了好了，這篇後記已經連作者在背後動歪念頭盤算的內心旁白都拿來拚命填頁數了。

第五集的內容討論結束得比想像中還要乾淨俐落，我現在有點恐慌。欸，《電玩咖》的內容好難討論！因為故事中的角色關係不停在改變，無論擷取哪個部分，都很容易一下子就洩漏劇情。

啊，不然來談角色吧。

首先是在最近這兩集不時出現的電玩社在籍人員。

從這篇故事的第一話內容來看，當初連責任編輯都以為他們是系列作角色，不過坦白講在作者心中，這些人完全屬於「只會在第一話串場的角色」。

可是最近他們卻不時就出來露臉，連我都嚇了一跳。角色自己動了起來……雖然這算是用舊的老詞了，不過電玩社眾人還能在這個世界生龍活虎地活動，我身為作者也覺得再慶幸不過。

說出這種話，一聽就覺得很像「疼惜角色的作者」，但我有時候照樣會把自己想出來的角色姓名忘光光，因此不要對我有任何讚賞比較好。

還有要談論角色的話，我個人喜歡心春的視角。畢竟她是目前最那個的人。講話毫不遮掩的為人，對作者來說極為寶貴……讀者怎麼想倒是說不準！要是嚇到各位就抱歉嘍！心春只是描寫起來挺那個的，我想她的本質肯定仍是好女生！（唐突又馬虎的緩頰之詞）

大概就是這樣吧。

……那麼，有關角色也談完了……來到這一步，只好擠一些跟電玩（日常生活）有關的

話題。

儘管我再三提到興趣是電玩，但我並非一整天都能熱衷玩同一款遊戲的類型，而是恰如其分地過著涉獵廣而不精的生活。我會讀小說、讀漫畫、看電影、看動畫（結果室內活動派就是室內活動派）。

在這些活動當中，我最近常有機會玩到必須動動腦的桌上遊戲。這同樣是非常適合《電玩咖！》的題材，因此我也希望角色們能在故事中玩玩看，即使不透過桌上遊戲這樣的媒介，他們本來就老是在生活中搞一些多餘的算計，要是把桌上遊戲的鬥智加進去，感覺似乎會寫出連推理或軍師型奇幻作品都吃驚的戰略小說，因此我正稍作節制，頂多像第三集玩過的「半生遊戲」那樣就是極限了吧。

說來老套，我個人喜歡的桌上遊戲是「卡坦島」……一聽就覺得像雨野那種調調，對遊戲的介紹極為淺薄又初級，對不起……其實我也有玩到許多種遊戲，不過名作終究是名作，這一點在電視遊樂器方面大概也是一樣的（古早ＲＰＧ的手遊移植作品就會玩上好幾次的那種情懷）。

啊，談到電視遊樂器，要是用《電玩咖！》不會寫到的題材當話題……最近我繞了一圈回來，又變得常玩家用主機了。雖然我依舊喜歡一邊打掌機一邊看電視的作風，但偶爾玩到家用主機的超級大作，就會沉醉於那種滿足感，不小心便一款接一款地玩下去了。

反過來說，無論是哪種電玩主機，只要一陣子沒玩，下次要啟動就會覺得欲振乏力，不知道是不是只有我才會這樣耶。想到系統軟體要更新，還有主機或控制器要充電，感覺就挺麻煩的……

以掌機來說好了。

相隔許久想開啟電源，就會發現沒有充電，充電結束後終於啟動又發現系統要更新，好不容易下載完更新檔就發現主機進入重新開機的步驟，總算重新開機了又說安裝要花十分鐘……各位是否也經歷過這樣的地獄呢？搞什麼嘛，那種亂花時間的無奈感。

那麼……接下來聊電影吧。

我是屬於一個月頂多會去電影院一兩次的那種人（完全不懂這樣算是多還是少，接近平均嗎？）。

這幾年來，很不可思議的是我在看電影時，覺得「跟電玩好像」的情況變多了。

以前反而都是看遊戲中的過場影片會覺得「好像電影耶」。

近年在動作場面之類的演出，讓人覺得「跟電玩好像耶」的地方多有所在。以最露骨的部分來說，像戰爭片便會運用類似ＦＰＳ（第一人稱射擊）的視點來描寫。即使不提這一點，從細微的動作呈現方式或劇情構造，可以感覺到「電玩風味」的機會切實增加了。

不過，單純是因為我喜歡電玩才反應過度的部分大概占九成吧。說是這麼說，我仍覺得電玩具備的娛樂性比以前滲透得更廣，便獨自感到欣喜……呃，雖然那跟我完全無關啦。我又不是遊戲製作人！不過，看到自己喜愛的要素在日常生活中晃過眼前的那一瞬間，不是挺幸福的嗎？好比自己喜歡的遊戲配樂忽然在新聞節目中播出來，就像那種感覺。

吃飯的話題。

懂烹飪的作家會在後記介紹連ＣＯ〇ＫＰＡＤ都相形失色的美味食譜，或者給予點滴建議，關於這一點……我，葵せきな，是有所耳聞的。

因此……我，自稱的烹飪研究者葵せきな，在此也要秀一手情報。

只在這裡告訴大家，不外揚。

最近的超商便當和甜點，超好吃的啦。

……哎呀呀，各位茅塞頓開了吧？要向編輯部提出「希望出版葵老師的烹飪書籍！」這樣的意見也無妨喔，我並不排斥呢。

實際上，便利商店的餐點偶爾會令人驚豔，不是嗎？

我個人對麵類、湯品還有甜點常有「這已經比手藝差的店家好吃了耶」這種感覺……

呃，我在平日生活中本來就只會去廉價的餐飲店吧？要這樣說也對，不過那碼歸那碼。

當然，我也明白自炊比較經濟，而且基本上壓倒性地健康又好吃。是啊，提起烹飪少不了葵せきな嘛（還在拗）！

話雖如此，我想談的是在日常生活中，各位是否一不小心就把超商便當看扁了呢？……我到底是什麼人？哪一間企業派我來的？

其實，我以前曾在超商做過大夜班打工，所以當時吃過不少產品。但是跟當時一比，現在的超商餐點顯然更美味了。八成有許多優秀的大人競相研發商品，或許也理所當然吧。

尤其是蛋糕和布丁之類，怎麼會好吃成那樣嘛。我反而同情起賣甜點的店了。

哎，雖然我並不認為那敵得過店家「現做」的餐點就是了，即使如此，考慮到便利性，味道上的進化還是很猛。

何況冷食或調理包食品的水準仍在突飛猛進。

將來要是便利超商也威脅到小說，要怎麼辦呢？他們會大舉推出自家品牌的低價格輕小說，而且感覺內容超有趣。那樣一來，我的飯碗就…………

葵せきな最喜歡便利商店了！萬、萬歲，便利商店！賞我工作吧！

那麼，這次同樣要獻上謝詞。

首先是在第五集仍持續以精美插畫點綴本作的仙人掌老師。一直都很感謝您！由於作品以對話為主，圖像方面難免缺乏可以表現的場景，偶爾出現超重要場面，每次都有您用美妙插畫幫忙畫龍點睛，實在萬分感激。往後還請多多指教。

接著是責任編輯。在我煩惱本集某個部分要如何描寫時，有您開口予以鼎力支持，實在大有幫助。往後也請多多指教……嗯，雖然我還是無法事先告知劇情之後的發展就是了（因為作者根本也不知道）！

最後則要感謝讀了副標題實在不吉利的這一集的各位讀者。

誠摯感謝你們一直以來的捧場。

對於這部系列，我能承諾的事情不多，但如同我每次都會提到的，這篇故事到底是「戀愛喜劇」，因此殷切期盼您在下一集也能讀得笑意不絕，那便是我的榮幸。

那麼，請讓我們在下一集再見！

葵せきな

©Dachima Inaka, Iida Pochi. 2017

Kadokawa Light Novels

普通攻擊是全體二連擊，這樣的媽媽你喜歡嗎？1~2 待續

作者：井中だちま　插畫：飯田ぽち。

評選委員拍案叫絕！第29屆Fantasia大賞得獎作！
媽媽將以超強實力及魅力轟動學園！

為了取得強化道具，大好真人決定接受學校測試運用任務。真人對在學園裡遇見的癒術師梅蒂怦然心動，然而——母親真真子果然還是跟了過來並大肆活躍！而困擾梅蒂的問題又是……？全新感覺的母親陪伴冒險搞笑故事校園篇！

各 **NT$220/HK$68**

台灣角川

©AI IWASAWA/KADOKAWA CORPORATION 2017

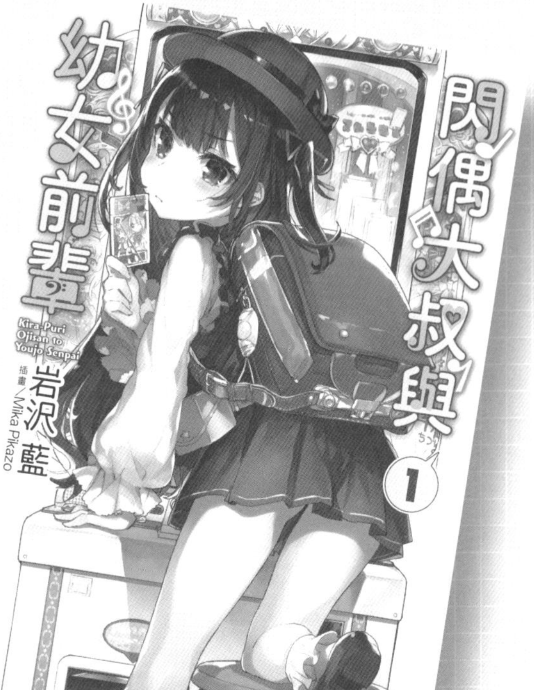

Kadokawa Light Novels

閃偶大叔與幼女前輩 1 待續

作者：岩沢藍　插畫：Mika Pikazo

第23屆電擊小說大賞〈銀賞〉得獎作！
高中生與幼女前輩的超稀有戀愛喜劇！

黑崎翔吾是一名把熱情全投注在女童向偶像街機遊戲《閃亮偶像》的高中生。他努力搶下的遊戲排行冠軍寶座卻要被突然出現的小學生新島千鶴奪走！翔吾與千鶴為了爭奪遊戲權而彼此對立。然而，這次的遊戲活動中，「朋友」是掌握關鍵的要素……？

台灣角川

NT$250/HK$75

©Kuyou 2017

Kadokawa Light Novels

與佐伯同學同住一個屋簷下 I'll have Sherbet 1～2 待續

作者：九曜　插畫：フライ

冷靜同居人弓月同學將被佐伯同學攻陷!?
同居＆校園戀愛喜劇第二幕即將開演！

黃金週結束了，幸運的是，我──弓月恭嗣，與佐伯同學的分租生活，還沒被太多人發現。但佐伯同學即使在學校也是拚命與我拉近距離，還有雀同學緊盯著我的動向……不僅如此，就連寶龍同學最近不知怎地也開始故意招惹起佐伯同學──

各 NT$240~270/HK$75~80

台灣角川

©Saika Karasugawa 2016

Kadokawa Light Novels

渣熊出沒！蜜糖女孩請注意！ 1

Bad bear and honey girl.

Illustration シロガネヒナ

烏川さいか

Kadokawa Fantastic Novels

渣熊出沒！蜜糖女孩請注意！ 1 待續

作者：烏川さいか　插畫：シロガネヒナ

當熊男孩遇上蜜糖女孩？
最頂級的戀愛鬧劇登場！

阿部久真是個一亢奮就會變成熊的高中生。某天，他發現同班同學天海櫻的汗水是蜂蜜之後，居然把她推倒還大舔特舔！他甚至為私欲利用班長鈴木因校內出現熊所組成的捕熊隊的襲擊。然而在這場騷動中，櫻不知為何突然把久真當成寵物疼愛有加……？

台灣角川

NT$220/HK$68

©JIRAIGEN, UGUME 2016

Kadokawa Light Novels

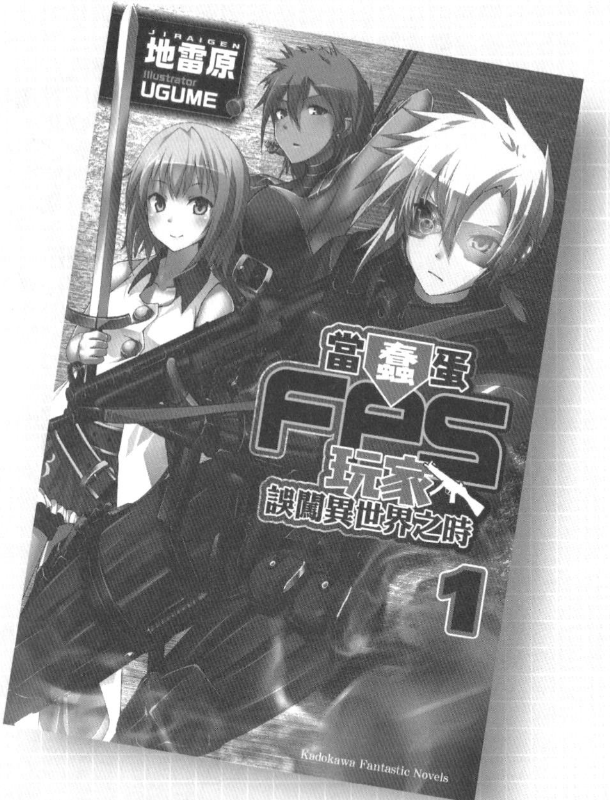

當蠢蛋FPS玩家誤闖異世界之時 1 待續

作者：地雷原　插畫：UGUME

腳滑誤闖異世界的蠢蛋FPS玩家，
能以槍及自身本領作為武器生存下去嗎!?

極度喜愛FPS，技術高超到足以參加世界大賽的男人——修巴爾茲在遊戲當中失足，掉到了地圖外。這種死法也太蠢了……才剛這麼想，卻發現這裡是陌生的世界！結果，他就這麼穿戴著FPS裝備生活在異世界。這名蠢蛋能在劍與魔法的世界生存下去嗎!?

NT$200/HK$60

台灣角川

©Yukiya Murasaki · Keji Mizoguchi 2016

Kadokawa Light Novels

14歲與插畫家 1 待續

作者：むらさきゆきや　插畫、企畫：溝口ケージ

Kadokawa Fantastic Novels

被理想、現實還有欲望耍得團團轉，
插畫家們最真實的日常在此大公開！

走在特殊癖好業界最前端的職業插畫家京橋悠斗，總是把所有心力灌注在輕小說插畫——尤其是肚臍上頭。也許是物以類聚，他身邊也盡是一些怪咖……而十四歲的角色扮演玩家乃木乃乃香，竟在活動結束之後來到悠斗家中，還被非常不得了的東西噴了一身!?

台灣角川

NT$190/HK$58

©RAKUDA 2016

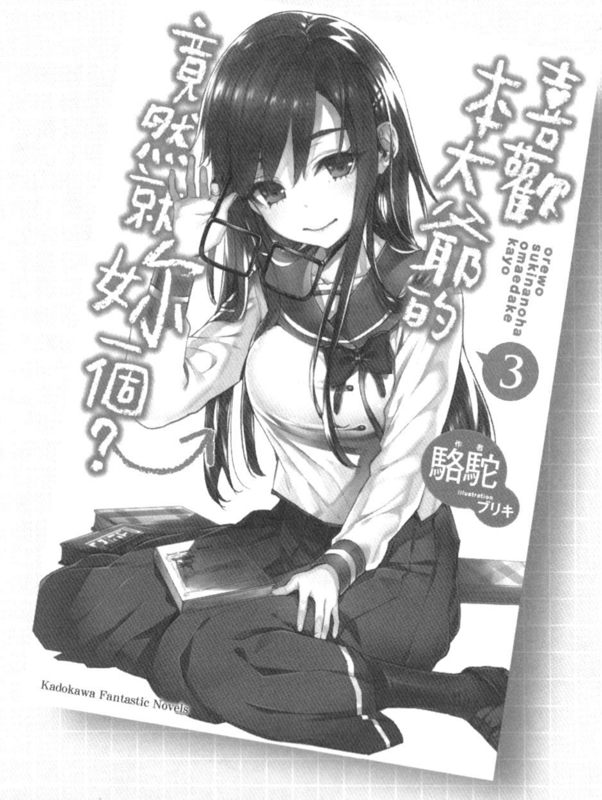

喜歡本大爺的竟然就妳一個？ 1~3 待續

作者：駱駝　插畫：ブリキ

新登場的美少女轉學生突然說要為我效勞，
身為路人的我可是會徹底照單全收！

一個美少女轉學生迫切盼望能為我「效勞」。一般的戀愛喜劇主角遇到這種情形，通常都是窘迫地拒絕，但我會照單全收，走上正因為是路人才走得了的後宮路線！另外，難得換上真面目的Pansy和我大吵了一架……我做出覺悟，要對Pansy「表白」！

各 **NT$220~230/HK$68~70**

Kadokawa Light Novels

©JUZO SHIIDA 2016

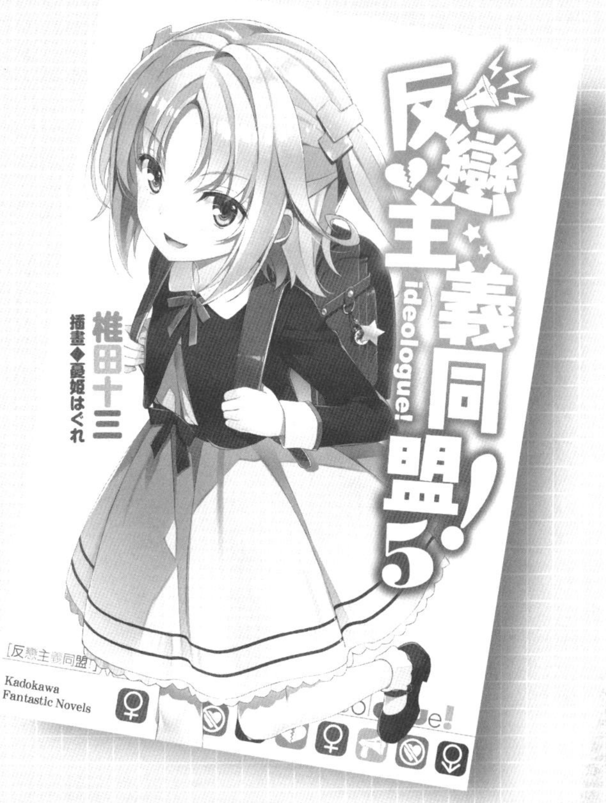

反戀主義同盟！ 1~5 待續

作者：椎田十三　插畫：憂姫はぐれ

反戀社對學生會的史上最大鬥爭即將開始。
全面解放非現充的日子不遠了！

「我們要藉由在校慶中與學生會抗爭，完成反戀愛運動的革命性勝利！」反戀愛主義青年同盟社將可稱為戀愛至上主義之極致的活動——校慶視為反戀愛抗爭的重大分歧點，著手進行準備。但察覺他們動向的學生會搶先，破壞了作為革命根據地的地下據點……

各 **NT$190~230/HK$58~70**

©Koushi Tachibana (Speakeasy), Kiyotaka Haimura 2016
©Speakeasy / Marvelous

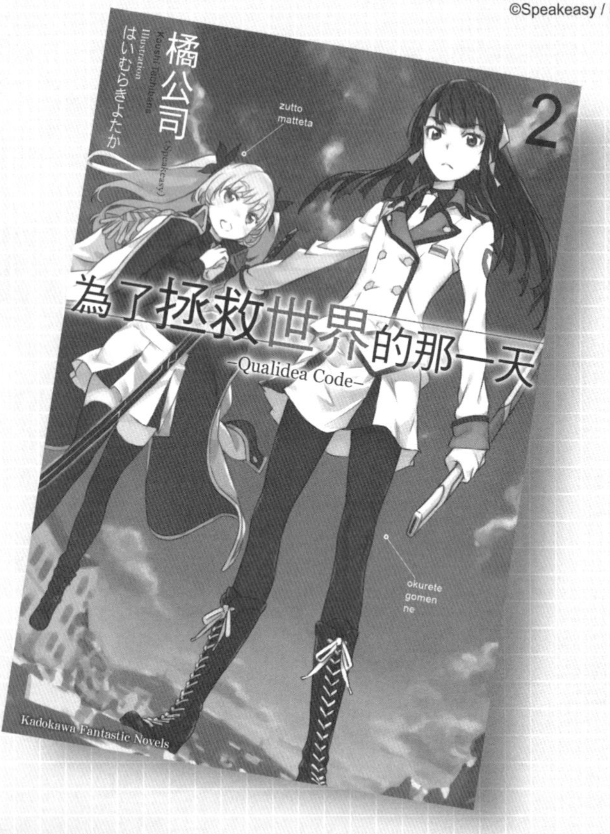

為了拯救世界的那一天 -Qualidea Code- 1~2（完）

作者：橘公司（Speakeasy） 插畫：はいむらきよたか

紫乃宮晶成了四天王之一，反而讓他遭舞姬等人跟蹤？

紫乃的暗殺目標——天河舞姬突然造訪，還說想住在他的房間？神奈川有個傳統的「驚醒整人活動」，照慣例必須對新加入四天王的學生實施？因此，成為四天王之一的紫乃反而遭舞姬等人跟蹤？驚人的事實即將揭露——「紫乃……原來是女生喔？」

各 NT$220/HK$68

台灣角川

©OKAYU MASAKI 2014

Kadokawa Light Novels

我就是要玩TRPG！異端法庭閃邊去

反叛的暗精靈

〈下〉

おかゆまさき 插畫 ななしな

Kadokawa Fantastic Novels

我就是要玩TRPG！異端法庭閃邊去 上、下（完）

Kadokawa Fantastic Novels

作者：おかゆまさき　插畫：ななしな

桌上角色扮演遊戲

TRPG玩得好，人生就是彩色的！
桌上RPG「跑團」小說，奇蹟團的圓滿大結局！

在「由TRPG規則支配的冒險世界」旅行中，祇園開始感到TRPG的潛能與樂趣，而淡忘要「消滅琉德蜜娜」的職務。到了最後一段劇情，隊伍面臨難關之際，琉德蜜娜與祇園的敵對關係起了變化……召來奇蹟般的完美收場！願骰神長佑天下蒼生！

台灣角川

各 NT$180~200/HK$55~60

©2016 Kumanano

Kadokawa Light Novels

くまなの
Illustrator 029

熊熊勇闖異世界 5

Kadokawa Fantastic Novels

熊熊勇闖異世界 1～5 待續

作者：くまなの　插畫：029

為了吃海鮮，只好挖隧道♪
最強熊熊女孩挖掘！

熊熊女孩優奈前往港都尋找食材，打倒了海中魔物克拉肯，連鎮上的壞人都打倒後，終於可以享用海鮮料理了。為此需要確保運輸路線，所以挖了一條連接漁港和城市的隧道。破天荒的優奈繼續把周圍的大人都耍得團團轉！

各 **NT$230/HK$70**

台灣角川

Kadokawa Light Novels

Text Copyright ©2016 Fuse Illustrations Copyright ©2016 Mitzvah

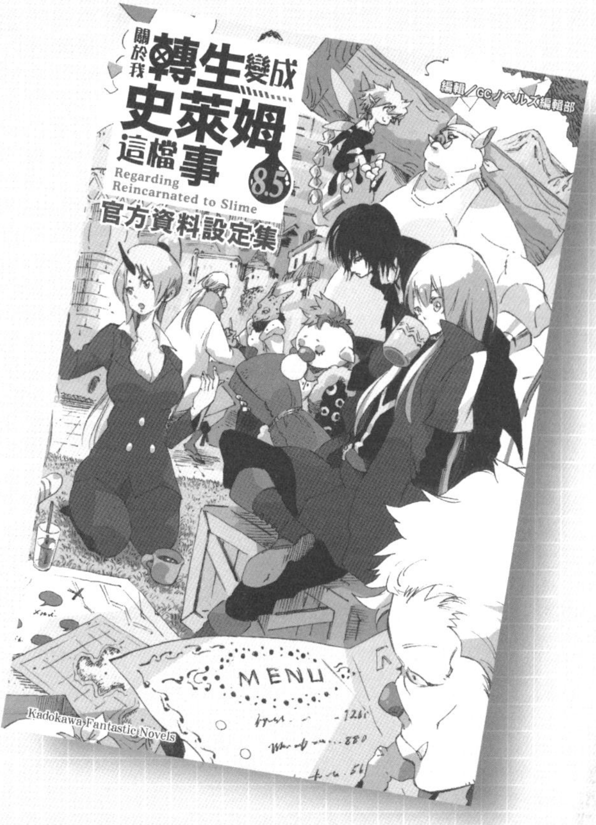

關於我轉生變成史萊姆這檔事 8.5
Regarding Reincarnated to Slime
官方資料設定集
編輯／GCノベルズ編輯部
MENU
Kadokawa Fantastic Novels

關於我轉生變成史萊姆這檔事 1~8.5 待續

作者：伏瀨　插畫：みっつばー

──這就是「轉生史萊姆」的世界！超人氣魔物轉生幻想曲官方資料設定集登場！

超人氣網路小說改編──一個關於異世界轉生成魔物的奇幻物語，官方資料設定集登場！除了不可或缺的各角色介紹、對魔國聯邦等國進行導覽、技能分析、世界地圖等詳盡情報滿載，還有收錄番外特別篇，並網羅過去的特典小故事等，身為書迷絕不能錯過！

台灣角川

各 NT$250~300/HK$75~90

國家圖書館出版品預行編目(CIP)資料

GAMERS電玩咖！5 電玩咖與全滅GAME OVER / 葵せきな作；鄭人彥譯 -- 初版 -- 臺北市：臺灣角川，2018.02

面； 公分

譯自：ゲーマーズ！ 5 ゲーマーズと全滅ゲームオーバー

ISBN 978-957-564-035-4(平裝)

861.57　　106023789

Kadokawa
Fantastic
Novels

GAMERS電玩咖！ 5
電玩咖與全滅GAME OVER

（原著名：ゲーマーズ！5 ゲーマーズと全滅ゲームオーバー）

2018年2月7日　初版第1刷發行

作　者：葵せきな
插　畫：仙人掌
譯　者：鄭人彥

發行人：成田聖
總　監：黃珮君
總編輯：蔡佩芬
編　輯：孫千棻
美術設計：李思穎
印　務：李明修（主任）、黎宇凡、潘尚琪

發行所：台灣角川股份有限公司
地　址：105台北市光復北路11巷44號5樓
電　話：（02）2747-2433
傳　真：（02）2747-2558
網　址：http://www.kadokawa.com.tw
劃撥帳戶：台灣角川股份有限公司
劃撥帳號：19487412
法律顧問：寰瀛法律事務所
製　版：尚騰印刷事業有限公司
ＩＳＢＮ：978-957-564-035-4
香港代理：香港角川有限公司
地　址：香港新界葵涌興芳路223號
　　　新都會廣場第2座17樓 1701-02A室
電　話：（852）3653-2888

※版權所有，未經許可，不許轉載。
※本書如有破損、裝訂錯誤，請持購買憑證回原購買處或連同憑證寄回出版社更換。

GAMERS! Volume 5 GAMERS TO ZENMETSU GAME OVER
©Sekina Aoi, Sabotenn 2016
First published in Japan in 2016 by KADOKAWA CORPORATION, Tokyo.
Complex Chinese translation rights arranged with KADOKAWA CORPORATION, Tokyo.